क्रिक पांडा पों पों पों

(कहानियाँ)

eka

कई कहानियाँ कई भाषाएँ

'एका' शब्द एकता का पर्याय है। इसका तात्पर्य है 'कई' को 'एक' के रूप में समेकित करना। विभिन्न भारतीय भाषाओं की बेहतरीन रचनाओं को संग्रहित करने तथा विभिन्न भाषाओं में पुस्तकों के पठन को बढ़ावा देने के लिए, देश के विचारशील व्यक्तियों की रचनाओं को प्रकाशित करने के उद्देश्य से वेस्टलैंड के इस नवीन भाषाई प्रकाशन-चिह्न को बनाया गया है। एका विभिन्न भाषाओं में अनुवाद तथा अलग-अलग संस्कृतियों एवं पृष्ठभूमि के लेखकों और पाठकों को संबद्ध करते हुए साहित्य को अन्य विविधतापूर्ण व जीवंत भाषाई बाजारों तक पहुंचाने के लिए भी प्रयासरत है। 23 आधिकारिक भाषाओं और 700 से अधिक बोलियों वाले इस देश में अनुवाद केवल ज़रूरत की पूर्ति का साधन नहीं है—बल्कि यह एक तात्कालिक आवश्यकता है।

एका द्वारा दस भारतीय भाषाओं की मूल रचनाओं का प्रकाशन किया जाएगा: जिसमें हिंदी, उर्दू, बंगाली, गुजराती, मराठी, ओडिया, कन्नड़, तेलुगु, तमिल और मलयालम शामिल हैं। यह इन भाषाओं में परस्पर अनुवाद तथा इनके अंग्रेजी में अनुवाद की विविधतापूर्ण किताबों का भी प्रकाशन करेगा। वर्ष 2019 के लिए प्रस्तावित 100 पुस्तकों के प्रमुख लेखकों में मनोरंजन ब्यापारी (बंगाली), सिरशो बंदोपाध्याय (बंगाली), विवेक शानभग (कन्नड़), वसुधेंद्र (कन्नड़), पेरुमल मुरुगन (तमिल), कैफ़ी आज़मी और जां निसार अख़्तर (उर्दू), वोल्गा (तेलुगु), उन्नी आर. (मलयालम), वीजे जेम्स (मलयालम), जॉनी मिरांडा (मलयालम), विश्वास पाटील (मराठी), रणजीत देसाई (मराठी), शिवाजी सावंत (मराठी), पवन के. वर्मा, संजीव सान्याल, अमीश, अश्विन सांघी, चेतन भगत, राजेश कुमार (तमिल) तथा अनु सिंह चौधरी (हिंदी) शामिल हैं।

बीते वर्षों में अनुवादित रचनाओं के क्षेत्र में वेस्टलैंड को आशातीत सफलता प्राप्त हुई है। एका अंतरराष्ट्रीय स्तर पर सर्वाधिक बिकने वाली पुस्तकों के प्रकाशन के महत्वाकांक्षी कार्यक्रम का भी संचालन कर रहा है, जिसकें अंतर्गत नोबेल पुरस्कार विजेता उपन्यासकार, काज़ुओ इशिगुरो की पुस्तक *व्हेन वी वेयर ऑर्फन्स* और द *रिमेंस ऑफ* द डे, बड़े पैमाने पर लोकप्रिय स्वीडिश लेखक स्टीएग लार्सन की *मिलेनियम ट्रिलॉजी,* जापानी लेखक केइगो हिगाशिनो की द *डिवोशन ऑफ सस्पेक्ट एक्स* तथा जेफ़री आर्चर की *केन एंड एबेल* शामिल हैं।

इस वर्ष वेस्टलैंड **हिंद युग्म** के साथ *नई वाली हिंदी* के 12 लेखकों की पुस्तकें भी प्रकाशित करेगा। इन सभी लेखकों की कृतियाँ मूल हिंदी की होंगी जिससे 'एका' के पाठकीय संसार को एक नया आयाम मिलेगा।

हम आपको वेस्टलैंड के इस बिल्कुल नए व रोमांचक सफ़र, अर्थात् एका के साथ जुड़ने के लिए आमंत्रित करते हैं।

क्रिक पांडा पों पों पों

ऋषभ प्रतिपक्ष

eka

हिन्द युग्म

eka

First published in Hindi as *Cric Panda Pon Pon Pon* in 2020 by Eka, an imprint of Westland Publications Private Limited, in association with Hind Yugm

1st Floor, A Block, East Wing, Plot No. 40, SP Infocity, Dr MGR Salai, Perungudi, Kandanchavadi, Chennai 600096

Hind Yugm
201 B, Pocket A, Mayur Vihar Phase-2, Delhi-110091
www.hindyugm.com

ISBN: 9789389152036

10 9 8 7 6 5 4 3 2 1

Printed at Radha Press, Sahibabad

अपने परिवार, पत्नी ज्योति और सौरभ द्विवेदी के लिए

कहानी-क्रम

गाँधी

जब गाँधी को क्रॉस पर चढ़ाया जा रहा था, बारिश हो रही थी। कनपटी के ऊपर बालों में उस्तरे के दो कट लगाए एक लड़का भीड़ से निकल आगे आया और ज़ोर से पूछा- "विभाजन क्यों कराया?" पीछे से कोई चिल्लाया- "सेक्सी लगा, इसलिए करा दिया।" लोग हँस पड़े।

गाँधी ने नज़रें उठाईं। भीड़ ख़त्म ही नहीं हो रही थी। गाँधी को सिर के ठीक पीछे हिमालय महसूस हो रहा था। ऐसा लग रहा था कि गाँधी को उसके नीचे का पूरा हिंदुस्तान दिख रहा हो। आदमी-ही-आदमी। औरतें-ही-औरतें। बच्चे, बूढ़े सब।

गाँधी ने आँखों पर ज़ोर डाला। कहीं नागपुर लिखा नज़र आया। उसके पीछे एक नाग सिर उठाए खड़ा था। पलभर में वो नाग गाँधी की आँखों के सामने आ गया और एक गाल पर डँस दिया। गाँधी ने दूसरा गाल आगे कर दिया। उसने दूसरे गाल पर भी डँस दिया। गाँधी का शरीर नीला हो गया। सफ़ेद क्रॉस पर लटके नीले गाँधी के गंजे सिर से गिरती बारिश को देख लोगों को शंकर भगवान के प्रकट होने का भ्रम हुआ। दर्शकों के मन में भय

समाया, ग़लती तो नहीं हो रही। संहार होगा क्या सबका। कोई पूरी ताक़त से चिल्लाया- "हर हर..." जनता ने हुँकार भरी-"महादेव!" गाँधी निश्चेष्ट रहा। लोगों को यक़ीन हो गया, भ्रम था।

तभी किसी ने आगे बढ़कर स्याही फेंक दी। नीले शरीर पर कोई फ़र्क़ नहीं पड़ा। लोग हँसने लगे। बेहया है। फिर किसी ने चिल्ला के कहा- "377", चार लड़कों ने समवेत स्वर में चिल्लाया- "गाँधी-नेहरू ज़िंदाबाद!" सब लोग हँसने लगे। फिर किसी ने चिल्लाया- "पोक्सो।" इस बार कोई नहीं हँसा। फिर कुछ लोग आपस में बात कर हँस लिए।

गाँधी के दाहिने हाथ में कील पड़ी। वो ज़ोर से चिल्लाया। हे राम! जनता ने गगनभेदी हुँकार भरी- "भारत माता की जय! धर्म की जीत हो, अधर्म का नाश हो।" ये हुँकार बारिश की बूँदों को पार करती हुई आसमान की बिजलियों से टकराकर गाँधी के कानों में घुस गई। उसकी आँखें मींच गईं। आँख खोलते ही सामने दिखी- "दो हज़ार फ़ुट ऊँची पटेल की प्रतिमा। गाँधी ने घबराकर अपनी आँखें बंद कर लीं। सिर पर तिरंगे की कलगी लगाए दो लोगों ने गाँधी के कानों में कहा- "बोलो भारत माता की जय!" गाँधी ने धीरे से कुछ कहा। दोनों ने कड़ककर पूछा- "बोल फिर से।" गाँधी ने पूरी ताक़त लगाकर कहा- "भात दे दो।" दोनों आपस में देखकर मुस्कुराए और पूछा- "आधार लिंक है क्या इसका?" फिर वे ठठाकर हँस पड़े।

गाँधी के दूसरे हाथ में कील पड़ी। वो ज़ोर से चिल्लाया- "माँ!" उसके सामने बचपन की स्मृतियाँ खिल गईं। माँ की गोद। नहीं, ये माँ का गर्भाशय है। गाँधी को सुकून महसूस हुआ। गाँधी ने आँखें और ज़ोर से मींचीं पर वो खुलती गईं। सामने दिखा भव्य मंदिर। बहुत बड़ा। बहुत बड़ा। लगा जैसे हिमालय के सामने उसे छोटा करता खड़ा है ये मंदिर। मंदिर के शिखर पर प्रत्यंचा चढ़ाए खड़े थे राजा रामचंद्र। उनकी आँखों की चिंगारी दसों दिशाओं को बेध रही थी। वो एकटक गाँधी की तरफ़ देख रहे थे। गाँधी से वो नफ़रत बर्दाश्त नहीं हुई। उसने मुँह बनाकर थूकना चाहा। पर थूक उसके होठों से होते ठुड्डी पर चिपक गई। ध्यान से देखा, ये सपना था। कहीं कोई मंदिर नहीं था।

तभी धवल वस्त्रों में जनप्रिय नेता भीड़ को चीरते हुए गाँधी के सामने

आया। उसने फ़ोन निकालकर भीड़ के साथ एक तस्वीर ली। जनता आह्लादित हो गई। 'भारत माता की जय' के नारों से आसमान भर गया। नेता आगे बढ़ा और उसने गाँधी के कान में कहा- "मैं तुम्हें मरने नहीं दूँगा। इस देश के इतिहास की असफलता का सबसे बड़ा स्तंभ हो, तुम्हें याद रखना ज़रूरी है।"

जनता की तरफ़ मुख कर नेता ने कहा- "हम देखेंगे
लाज़िम है कि हम भी देखेंगे
वो दिन कि जिसका वादा है।"

उसने इतना ही गाया। जनता ने भी गाना शुरू किया। उनको भी इतना ही याद था। फिर किसी ने बोलना शुरू कर दिया- "हम भारत के लोग।" फिर सबने दुहराना शुरू किया। तभी किसी ने चिल्ला दिया- "सियावर रामचंद्र की..." जनता चिल्लाई- "जय!"

कई लोगों ने कुछ-कुछ बोलना शुरू किया। कोलाहल का माहौल बन गया। कोई काली के नारे लगाने लगा, कोई भवानी के, कोई कान्हा के। अचानक सबके मोबाइल फ़ोन पर मैसेज आया- "नेताजी काम की बात करेंगे, ध्यान से सुनो।" सब सावधान की मुद्रा में आ गए।

धवल वस्त्रों वाले नेता ने चारों ओर देखा, भीड़ से नज़रें मिलाईं। उसे अपनी वक्तृता पर पूरा भरोसा था। फिर ज़ोर से चिल्लाया- "पहली बार देश के सबसे बड़े अपराधी को सज़ा मिल रही है। ये फ़ैसला कोर्ट में नहीं हो सकता था। इस देश की जनता ही ये फ़ैसला करेगी। प्रजा से मैं पूछना चाहता हूँ, गाय की तस्करी करनेवाले को क्या सज़ा मिलनी चाहिए?"

भीड़ ने एकजुट होकर आवाज़ दी- "मौत! मौत! मौत! इसे तो पाकिस्तानी न्याय की तरह पत्थर से मार-मारकर मार देना चाहिए।"

तभी किसी ने कहा कि इसके गुप्तांग काट दो। किसी ने कहा कि इसकी बहन को बुलाओ। फिर मतभेद हो गए। कई समूह थे, सब अलग-अलग बातें करने लगे।

एक कम उम्र के लड़के ने ज़ोर से कहा- "कश्मीरी पंडितों का न्याय कौन करेगा? बूचड़ख़ानों की सफ़ाई कौन करेगा?" तब तक बारिश तेज़ हो गई। अब लोगों को कुछ समझ नहीं आ रहा था कि क्या करें। सबको समझ आने लगा था कि ये सवाल मरने नहीं देने हैं। मौत दे देंगे तो ये सवाल

किससे पूछेंगे। अब लोग बोर होने लगे थे। उनके मुँह नारे लगाकर थक चुके थे। इंडिया-पाकिस्तान का मैच भी होने वाला था। धीरे-धीरे लोग खिसकने लगे। जाते-जाते लोग कह रहे थे-"इतने सारे लोग हैं, एक एक थप्पड़ भी मारेंगे तो हो जाएगा।"

गाँधी के दाहिने पैर में कील ठोंक दी गई। गाँधी को याद आया जब वो विदेश से हिंदुस्तान वापस लौटा था। जाती हुई जनता चिल्लाने लगी- "दोनों हाथों में कील दी, एक पैर में कील दी, दूसरे को क्यों छोड़ा? क्या ये लोकतंत्र का चौथा स्तंभ है? इसको भी नाथो। देखने में अच्छा नहीं लग रहा।"

नेता ने कहा- "सीढ़ी पर खड़ा हूँ तब से, इसी पैर की टेक लगा रखी है। नाथने की ज़रूरत नहीं है। ये कुछ नहीं कर सकता। पैर हिला के तो देखे।"

एक लड़की ने स्टेज संभाला। बोलने लगी- "सवर्णों पर अत्याचार सीमा के बाहर हो चुका है। दलित-दलित करके आपने सारा हक छीन लिया उनका। क्या ज़िंदगी भर दलित-दलित ही कोई चिल्लाता रहेगा? उदंत मार्तंड, दिनकर दिवाकर को साक्षी मानकर हम प्रण लेते हैं कि हिंदुस्तान को आरक्षण मुक्त बनाना है। सरकारी नौकरियाँ चाहिए हमें। हमें ओबीसी आरक्षण मिले तभी हटेंगे यहाँ से।" उसने एक साँस में सब बोल दिया औ़र स्टेज से उतर गई। बारिश और तेज़ हो गई।

नेता के धवल वस्त्र गाँधी के ख़ून से भीगकर आगे की तरफ़ लाल हो गए थे। पीछे का सूखा ख़ून केसरिया हो गया था। वो आज़िज़ हो गया। उसने गाँधी के दूसरे पैर में भी कील दे दी। पीड़ा से गाँधी की आँखें बंद हो गईं। फिर सन्नाटा हो गया। गाँधी को लगा जैसे वो किसी खोह में आ गया हो। उसने घबराकर आँखें खोलीं। कहीं कुछ नज़र नहीं आया। पूरा मैदान ख़ाली हो चुका था। अँधेरा और घनघोर बारिश। अचानक उसने देखा चारों तरफ़ लाशें लटकी थीं। सबने पेड़ों से लटककर फाँसी लगाई थी। धीरे-धीरे गाँधी को महसूस हुआ कि वो सारी लाशें उसी की तरफ़ आ रही थीं। सबकी कमर से खुरपी और फावड़े लटके थे। उनकी देह से यूरिया की गंध आ रही थी। गाँधी ने अपनी नाक फेर ली। पर लाशें नज़दीक आती जा रही थीं।

अचानक नीचे कोलाहल हुआ। गाँधी ने देखा ख़ाकी कपड़े पहने कुछ लोग लाशें लटकी पेड़ों की जड़ें काट रहे थे। आपस में बात कर रहे थे कि

खेत बढ़ जाएँगे इससे। पास में ही सूट पहने कई लोग खड़े थे। वो कह रहे थे- "यहाँ अमरावती बनाएँगे, इंद्र की तरह। खेत का क्या करोगे, अचार डालोगे!" तभी किसी ने पेड़ के नीचे गड्ढे में पाइप डाला और ज़ोर से चिल्लाने लगा- "यहाँ गैस निकलेगी। यहाँ गैस निकलेगी।"

ख़ाकी पहने लोगों ने सूटवालों को सलाम किया। और फ़ोन पर अपडेट किया- 'राष्ट्र का निर्माण एक बार फिर।'

बारिश अब इतनी ज़्यादा होने लगी थी कि कुछ दिखाई नहीं दे रहा था। क्रॉस पर लटका गाँधी, घनघोर बारिश और घनघोर अँधेरा। बहुत देर बाद कहीं से आवाज़ आ रही थी। लगा बहुत सारे लड़के थे। एक लड़की थी। वो ज़ोर-ज़ोर से चिल्ला रही थी। हाथ पैर पटक रही थी। लड़के हँस रहे थे।

गैंगरेप वाली मैय्या

कोठरी के दरवाज़े बहुत देर से बंद थे। उमस होने लगी थी। एक लड़के ने दरवाज़ा खोल दिया। अब थोड़ी हवा आने लगी। पसीने से हाथ चटचट कर रहा था। राहत मिली।

'पकड़, पकड़, पकड़ इसे। पैर छटक रहा है इसका। कस के पकड़।'

....

'देख, मैंने कैसे हाथ पकड़ रखे हैं। हाँ, ऐसे पकड़... पैर फैला दे इसके।'

....

'बहुत जान है साला इसमें। खा-खा के चौड़ी हो गई है। पैर छोड़ना मत।'

....

'ओ चिकलानू, तू उधर फ़ोन पर क्या कर रहा है? अम्माँ नाच रही हैं तुम्हारी? आ जा, हाथ पकड़ इसका। कस के पकड़ना। साला इसके नाख़ून बहुत बड़े हैं। पता नहीं कैसे धोती होगी।'

....

'मुँह से हाथ हटा। चिल्लाने दे इसे पेट भर। चिल्लाने दे रे पांडू। यहाँ कोई नहीं आ रहा।'

....

'हाँ, ऐसे। तेरा बाप आ भी गया तो क्या हुआ। मास्टर साहब भी थोड़े मजे ले लेंगे। जवानी तो बेकार ही गई है उनकी। बहुत रंग लेते हैं वो भी। बाप-बेटा दोनों एक साथ लग जाना।'

....

अब वह धीरे-धीरे कसमसा रही थी। चिल्ला-चिल्लाकर गला फँस गया था। घुटनों में दर्द हो रहा था। थप्पड़ की मार से जबड़ा बुरी तरह दर्द कर रहा था। एक दाँत हिल गया था। गाँव से दूर वीराने में खेतों में बनी इस कोठरी में वह इन तीन लड़कों के आगे हिम्मत हार चुकी थी। घुप्प दोपहरी में कोठरी के बाहर बने पानी के टैंक पर एक कौवा बैठा था। निश्चिंत होकर। कभी-कभी चोंच खोल लेता, फिर बंद कर लेता।

हालाँकि दिल के किसी कोने में उसे अभी भी यक़ीन था कि उतना बुरा नहीं होगा, कोई तो आ ही जाएगा। इतनी हिम्मत नहीं इनकी। खिड़की से उसे अपने घर की छत पर लगा भगवा झंडा दिख रहा था। लगा जैसे वहाँ से कोई खिड़की में ही देख रहा है। शायद देख तो रहा है। कोई आएगा ज़रूर।

उसने शरीर टेढ़ा कर लिया। सलवार कमर के नीचे दब गई। नाड़ा खुल गया था, पर सलवार खिंच नहीं पा रही थी। वह चिल्ला पड़ा- "बहनचोद!" ख़ूब ज़ोर से उसके स्तन भींच दिए। इतनी ज़ोर से कि उसकी ख़ुद की उँगलियाँ रीध गईं। सलवार उतर गई। ज़ोर से एक थप्पड़ गालों पर लगा- "देख, मेरी तरफ़ देख। ऐसे मज़ा नहीं आता। देख साली!" पर उसकी बंद आँखें खुल नहीं रही थीं।

अब पारी बदल गई। दूसरे लड़के ने अपने हाथ फ़्री किए। पहले ने अपनी जींस ऊपर भी नहीं की। वैसे ही ज़मीन पर बैठ गया, उसके फैले पैर पकड़कर। दूसरे लड़के ने गाल मसलते हुए कहा- "मैंने पहले ही कहा था, बात मान लो। दे दो चुपचाप। हम तीनों हैं, ब्रह्मा, विष्णु, महेश। इस दुनिया

को हमीं बिगाड़ते और बनाते हैं। हमसे बच तो नहीं पाओगी।" घसड़-घसड़ की आवाज़ आती रही। बीच-बीच में दूसरा लड़का उस पर थूकता भी रहा। जब थक गया तो लड़की का मुँह खोलकर उसमें थूक दिया।

"सालो, तुमने तो सब कर लिया। मैं क्या करूँ?" तीसरा लड़का रोष में बोला।

"उलटा कर इसे। ठीक से कर यार। गदहा! पकड़ कस के।"

अबकी वो लड़की इतनी ज़ोर से चीखी कि बाहर बैठा कौवा घबराकर उड़ गया।

उसके बाद उसकी चीख़ नहीं निकली। तीनों ने फिर पारी बाँधी। लड़की को थप्पड़ मारते रहे। एक-दूसरे को गालियाँ देते रहे। एक ने सिगरेट जलाकर उसके तलवों में छुवा दी। इससे पहले एक ने सिगरेट से उसके दोनों स्तनों पर दाग बना दिए थे। तीसरे ने पेट के ठीक नीचे पेन से 'आई लव यू' लिखकर दिल का चित्र बना दिया था। तीर के निशान के साथ। वो लड़का सिगरेट, दारू कुछ नहीं पीता था।

तीनों ही थक गए थे। लड़की को छोड़ दिया। लड़की ने खिड़की से बाहर देखा। लगा कोई देख रहा है। उसने जल्दी-जल्दी अपने कपड़े पहने और बाहर की तरफ़ भागी।

कोठरी से बाहर निकलते ही उसे ख़ूब तेज़ रौशनी दिखाई दी। उसे अपना घर नज़र आने लगा। वह दौड़कर भागने लगी। पर रास्ता ख़त्म ही नहीं हो रहा था। वो जितनी बार देखती, उसका घर उतनी ही दूर नज़र आता। वो पीछे मुड़ी। कोठरी कहीं नज़र नहीं आ रही थी। चारों तरफ़ बस खेत-ही-खेत। उसे लगा कोई सपना देख रही थी। वह हँस पड़ी। अरे, ये क्या। इतना बुरा सपना। ओ हो हो, ये सपना था। थैंक गॉड!

पर मैं आई कहाँ हूँ? वह वापस चलने लगी। फिर रुक गई। खेत के बीच में खड़ी है। माथे पर ज़ोर मारा उसने। क्या करने आई थी यहाँ? याद आया, कोचिंग के लिए निकली थी। पर यहाँ कैसे पहुँची? और ये सपना क्या था?

अचानक उसका पैर एक जगह पड़ा और रौशनी कम हो गई। वो फिर से कोठरी में ही आ गई। उसका मन काँप गया। उसने बाहर निकलने की कोशिश की। पर लुढ़ककर गिर गई। हाहाहा हाहाहा हँसने की आवाज़ें आईं।

और फिर से तीनों ने उसे पकड़ लिया। खिड़की पर कई लोग खड़े थे। ये तीनों बाहर निकलने लगे। एक ने कहा- "अब तुम्हारे हवाले वतन साथियों!" अब कमरा भर गया था। दस लड़के थे। नहीं, बारह। पता नहीं कितने थे! चारों तरफ़ मुंडियाँ-ही-मुंडियाँ। ये कब आए? हँसने की आवाज़ें आती रहीं।

"ये तो तैयार है। बहन की, कूँ भी नहीं कर रही। देख कैसे रही है, जैसे कितनी प्यासी है। मज़ा तो आ रहा है इसको। मैंने तो पहले ही कहा था ये कुक्कड़ है।"

अचानक उसकी आँखों के सामने एक चेहरा आया। अरे, ये तो नमित भाई है। चाचा का लड़का।

"भाई, तू ले चल मुझे यहाँ से। पता नहीं कहाँ फँस गई हूँ मैं!"

"चुपकर राँड़। तुझे मैंने ही देखा इनके साथ गाड़ी में बैठते हुए। जब शराब पी रही थी, तब ख़याल नहीं आया कि कहाँ जा रही हो? मुझसे ही तकलीफ़ है तुझे? जबसे तुझे नहाते हुए देखा है, तब से मन तेरी ही तरफ़ खिंचा जाता है। आई लव यू, मेरी जान। प्रेम का अंत शादी में थोड़े ही होता है, प्रेम तो बस प्रेम होता है। प्रेम में मर्द साक्षात लिंग बन जाता है और उसे पूरी औरत साक्षात योनि ही नज़र आती है।"

"हाहाहाहा... हाहाहाहा नमित को देख। कैसा है इसका! उसी से लगा पड़ा है। चल हट बे! किसी काम का नहीं है तू। इसीलिए तुझे नहीं देती थी।" वो ना ना करता रहा, उसे बाक़ियों ने खींचकर हटा दिया।

"ये देख साला! मनीष भी आ गया। तेरी तो पाम्ही नहीं आई है चूतिए। तेरी मूँछों के बाल से बड़े तो उसकी झाँट के बाल हैं। क्या करेगा तू? ए भाई, चल लड़के को भी कर लेने दे। यही तो मौक़ा है। कोई नहीं पकड़ा जाएगा। किस-किस का नाम लेगी ये! बताएगी क्या!"

दो घंटे बाद पूरा कमरा पसीने और वीर्य की गंध से भर गया था। बीच-बीच में सिगरेट के धुएँ और शराब की भी गंध आती रहती। तब तक पहला लड़का नहाकर आ गया था। अगरबत्ती जलाकर उसने भगवान के पास खोंस दिया। ये उसका रोज़ का काम था।

एक ने कहा- "सेंट भी छिड़क दो कमरे में, पाद भी रही थी ये।" सब हँस पड़े।

तभी खिड़की पर ज़ोरदार आवाज़ गूँजी- "क्या चल रहा है यहाँ?"

सब ठिठक गए। ये मास्टर साहब थे। धीरे-धीरे चलते वो कोठरी में आए। "क्या चल रहा है बे?" उनकी नज़र लड़की पर गई।

"अरे... ये चल रहा है। मैं गुज़रा था यहाँ से दो घंटे पहले। मुझे लगा कुछ गड़बड़ है। सबके सब बाहर चलो। सबके सब।"

उनका बेटा पहले ही बाहर भाग गया था। उन्होंने सबको भगाकर दरवाज़ा बंद किया और अपने कपड़े उतारने लगे।

अब शाम हो गई थी। कोठरी में वही थी। अकेले। उसने धीरे-धीरे अपने कपड़े पहने और बाहर आई। मुड़कर देखा। कोठरी दिखाई नहीं दे रही थी। सिर्फ़ खेत-ही-खेत। इस बार वह पीछे की तरफ़ नहीं आई। गाँव की ओर चलती गई। जैसे-जैसे वह चलती गई उसके कपड़े गिरते गए। हर जगह से फट चुके थे। उनमें से वीर्य टपक रहा था।

जब वह गाँव में घुसी तो नंगी हो चुकी थी। वह चुपचाप सबको देखती जा रही थी। योनि से ख़ून निकल रहा था। शरीर पर वीर्य लगा था। किसी चुड़ैल की तरह लग रही थी। ऐसा लगा जैसे राज़ी-ख़ुशी रहते गाँव में कोई डायन घुस आई हो। वह जिस पर नज़र डालती, उसका रूप बदल जाता।

जो छोटे बच्चे उसके पीछे चल रहे थे, वो अचानक जोंक में बदल गए। उनकी माँएँ चीत्कार कर उठीं। लड़की ने जब पलटकर माँओं को देखा तो वो बँसवाड़ में बदल गईं। हर औरत बाँस के पेड़ की तरह लग रही थी। जिधर हवा चलती, उधर झुक जातीं। लड़की को देखकर हँसते हुए आदमी मरी गाय खाकर मुँह पर ख़ून लगाए आवारा कुत्तों में बदल गए। ये आवारा कुत्ते इतने बढ़ गए कि लगा उन्होंने अब किसी को नोंचा, तब किसी को नोंचा।

लड़की ने घर पहुँचकर दरवाज़ा खोला। दरवाज़ा खोलते ही उसकी माँ छिपकली में बदल गई और किसी कोने में रेंगने लगी। लड़की बाथरूम में गई। उसके शरीर पर पचासों जोंक चिपकी हुई थीं। मल-मलकर नहाती रही। एक-एक जोंक हटाती रही। शरीर पर गिरता पानी उसे ठंडी हवा जैसा लगता। बाथरूम की नाली से निकलता पानी किसी नदी जैसा लग रहा था। वह सोचने लगी पानी के साथ ही सब कुछ बह जाएगा। क्या वह सपना देख रही थी? वह तो घर से बाहर ही नहीं निकली थी। अभी सोकर उठी थी। अब नहाने

आई थी। क्या हुआ था इस बीच?

वह बाथरूम से बाहर आई।

"माँ, माँ, कहाँ हो तुम?"

अचानक उसके पैरों से पिलपिली-सी चीज़ टकराई। उसने पैर झटका और आगे बढ़ी। पूरा फ़र्श पिलपिला हो चुका था। चारों ओर जोंक भरी पड़ी थीं। उसने चिल्लाकर सीलिंग पर देखा। वहाँ सिर्फ़ छिपकलियाँ घूम रही थीं। दीवारों पर, कोनों में छिपकलियाँ जोंकों से भिड़ रही थीं। पूरा घर चपर-चपर, घसर-घसर की आवाज़ से भर गया था।

वह भागकर छत पर गई। पूरा छत बँसवाड़ में बदल गया था। पूरा घर ही बँसवाड़ नज़र आ रहा था। ख़ूब हरे पत्ते। लंबे-लंबे बाँस। एक हवा में उधर गिरते, एक हवा में इधर गिरते। वह घबराकर फिर बाथरूम में भागी आई। दरवाज़ा बंद कर लिया। ये सुरक्षित जगह लग रही थी। पर बाथरूम में बेसिन की टोंटी से किसी कुत्ते के किंकियाने की आवाज़ आ रही थी। उसने कान लगाया तो कई कुत्तों के साँस लेने की आवाज़ें आ रही थीं। उसने दीवार पर बनी छोटी-सी खिड़की से बाहर झाँककर देखा। मुँह पर ख़ून लगाए सैकड़ों कुत्ते मुँह फाड़े खड़े थे।

वह घबराकर नीचे गिर गई। कुछ देर तक वह पड़ी रही। फिर उठी अपने मुँह से ख़ून साफ़ करने। पर शीशे में उसे अपना चेहरा नहीं दिख रहा था। वह तो किसी गाय का चेहरा था। मरी गाय का।

माँ बाथरूम का दरवाज़ा पीट रही थी। "बाहर आ जा। बाहर आ जा। इतनी देर से क्या कर रही है वहाँ!"

उसकी आँखें खुलीं। कपड़े पहने और दरवाज़ा खोलकर बाहर आई। माँ कई औरतों के साथ बैठी थी।

"पानी लाऊँ? या चाय बना दूँ?" उसने औरतों को नमस्कार किया। बूढ़ी के पाँव छुए। माँ ने कोई जवाब नहीं दिया। उसकी आँखों में कोई भाव नहीं था। औरतें उठकर जाने लगीं। सबने इस लड़की के सिर पर बारी-बारी से हाथ फेरा और माँ से कहा- "वही करना, जो हमने कहा। वही कहना, जो हमने कहा।" जाते हुए सबने लड़की से यही कहा- "तुझे क्या ज़रूरत थी लड़कों के साथ लड़का बनने की! तू जानती नहीं क्या कि तू लड़की है? हम

सब जवान हुए थे, हमने भावनाओं पर क़ाबू रखा था।"

उनके जाते ही माँ बेहोश हो गई। लड़की सो गई।

अगले दिन जब वह सोकर उठी, तो उसे अपने गले पर हाथों का दबाव महसूस हुआ। उसकी माँ उसका गला दबा रही थी। पीड़ा में वह उठ बैठी। माँ उसके दोनों कंधों पर अपने पैर फैलाए उसकी गर्दन दबाती रही। लेकिन उसके शरीर पर इतने जोंक और इतनी छिपकलियाँ रेंग रही थीं कि माँ का हाथ फिसल जा रहा था। दरवाज़ा खोलकर वह बाहर भागी। हज़ारों जोंक, हज़ारों छिपकलियाँ शरीर पर और कंधों पर लात डाले माँ गर्दन दबाते हुए। वह भागती गई। पूरा गाँव इकट्ठा हो गया और पीछे-पीछे चल पड़ा।

गर्दन दबाते-दबाते माँ थक गई थी। गाँव के बाहर कुएँ के पास पहुँचकर माँ ने बेटी के कान में कुछ कहा और कुएँ में कूद गई। गाँववाले कुएँ के पास आ गए और देखने लगे कि माँ बच पाती है या नहीं। वो नहीं बची। उसके मरते ही गाँव के लोग मधुमक्खी बन गए और लड़की के शरीर से जा चिपके। जोंक, छिपकली और मधुमक्खियों से भरी लड़की बिलबिलाता हुआ कोई गोला लग रही थी जो अब दो पैरों पर चल नहीं रहा था, बल्कि लुढ़क रहा था। अचानक लड़की ने हँसना शुरू कर दिया। उसके हँसते ही सारी छिपकलियाँ, जोंक और मधुमक्खियाँ इधर-उधर भरभराकर गिरने लगीं। कुछ ही देर में लड़की नंगी खड़ी हो गई।

उस दिन के बाद लड़की ने कभी शरीर पर कपड़े नहीं पहने। कभी घर के दरवाज़े नहीं बंद किए। कहीं आना-जाना बंद नहीं किया। अलबत्ता वो बाक़ी शृंगार ज़रूर करती थी। बाल चमकते रहते। चेहरा दमकता रहता। बालों में फूल लगाती। होठों पर लाली। कानों में कर्णफूल और गले में हार। कमर में करधनी, हाथों में कंगन और पैरों में पायल। नाख़ूनों पर नेलपेंट। बस कपड़े एक भी नहीं।

पर उसकी योनि से हमेशा ख़ून बहता रहता। पर गाँव के लोगों ने उसे कुछ कहा नहीं। स्कूल, कोचिंग, बाज़ार कहीं पर भी किसी ने उसे कुछ नहीं कहा। वह इसी तरह हर जगह जाती। जब मन करता, जाती। जब मन करता, आ जाती। लोगों को अब आदत पड़ गई थी, उसे इसी स्थिति में देखने की।

वक़्त गुज़रता गया। बच्चे जवान हो गए। जवान बूढ़े हो गए। बूढ़े मर

गए। लड़की में कोई बदलाव नहीं आया था। रहती उसी तरह थी। उसकी योनि से अभी भी ख़ून गिरता रहता। लोगों ने उसे पूजना शुरू कर दिया था। उसे 'गैंगरेप वाली मैय्या' कहा जाता था। लोगों का मानना था कि इनके रहते गाँव में किसी लड़की पर कोई अत्याचार नहीं हो सकता। लोग उसे चढ़ावा भी चढ़ाते थे।

एक औघड़ भी आया था उससे मिलने। ज़ोर-ज़ोर से 'ऊँ फट्, ऊँ फट्' कहकर कई मंत्रोच्चार किए थे उसने। रं रं रं रं रंगे अस्त्व ही योनि रूपी प्रज्वलिता टाइप की कुछ बातें करता और कहता कि तू भैरवी है। श्मशान घाट की भैरवी। श्मशान घाट तेरा इंतज़ार कर रहा है। भैरव देव तेरी बाट जोह रहे हैं। उसने इसके घर के सामने बैठ के कई तांत्रिक क्रियाएँ की। इतना बोला कि उसका गला फँस गया। लोगों की भीड़ लग गई थी। उनके सामने वो अपनी बेइज़्ज़ती नहीं कराना चाहता था। अनुनय-विनय करते-करते वह रोने लगा। गिड़गिड़ाकर कहने लगा कि चल बच्ची, तेरा उसी में उद्धार है। जीवन सँवर जाएगा। ये निर्निमेष उसी को देखती रही। लोग हँसने लगे। अंत में घबराकर तांत्रिक भी कुएँ में कूद गया। कोई उसको बचाने नहीं गया।

कुएँ पर एक छोटा-सा मंदिर बना दिया गया। इसको 'मैय्या का भैया' कहा गया। माना गया कि मैय्या के दर्शन से पहले भैया का दर्शन ज़रूरी है।

फिर एक दिन उसने सारे कपड़े पहन लिए। उस रात वह अपने घर में मरी पाई गई। लोग जब उसका दाह-संस्कार करने चले, तो उसके शरीर से कपड़े अलग ही नहीं हो पा रहे थे। आज वह अजीब लग रही थी। लोगों ने कपड़ों सहित उसे जला दिया। वह जल गई, पर कपड़े नहीं जले। उन कपड़ों को लाकर उसके घर में रख दिया गया। घर को तोड़कर मंदिर बना दिया गया। कपड़ों को मंदिर में रखकर प्राण-प्रतिष्ठा कर दी गई।

मर्द

जब भी वह झुकती, फ़ौजी को उसके स्तन दिखाई देते। ये कई बार होता। ट्रेन हिचकोले खाती। उसका बच्चा कोई-न-कोई सामान नीचे गिरा देता। जब वह चेहरे पर थोड़ी शर्म लिए सामने की सीट पर देखती तो फ़ौजी से उसकी आँखें मिलतीं। फ़ौजी मुस्कुरा देता। फिर फ़ौजी रह-रहकर अपने बैग से एक मैगज़ीन निकाल लेता। थोड़ा पढ़कर वापस रख देता। मैगज़ीन देश की राजनीति पर थी। फ़ौजी उसे अपनी आँखों के सामने इस क़दर रखता जैसे देखने वाले को लगता कि फ़ौजी को ट्रेन में ही इत्मीनान मिला है पढ़ने के लिए। लेकिन मैगज़ीन के ठीक ऊपर से फ़ौजी उसके ब्लाउज़ के अधखुले बटन में झाँकता रहता।

उसे यह भी डर था कि कोई देख लेगा तो यूनिफ़ॉर्म की इज़्ज़त चली जाएगी। नौकरी तो जाएगी ही। इसलिए हर दो मिनट पर एक गंभीर साँस लेकर खिड़की के बाहर शून्य में ताकने लगता। लगता जैसे कुछ सोच रहा है। फिर वापस मैगज़ीन की तरफ़ आँखें लाता, पूरे कोच का सिंहावलोकन करते हुए। किसी से नज़रे मिलती तो फ़ौजी एकदम निर्लिप्त रहता। फिर

अपने हाथ के पन्ने पर एक सरसरी निगाह डालता जैसे रिविज़न कर रहा हो। उसके बाद पन्ना पलट देता।

बनारस आने में अभी तीन घंटे थे। कोच के यात्री कहने लगे टाइम से पहुँच जाए तो मानेंगे। पर अपने को क्या। बनारस थोड़े ही न जाना है। सारे अपना-अपना सामान बटोरने लगे थे। बलरामपुर हॉल्ट पर ट्रेन रुक गई। एक-एक कर कई लोग उतरे। फ़ौजी भी झटपट उतरा चाय लेने। हल्की-हल्की बारिश हो रही थी। सूरज अपने अड्डे लौट रहा था। लौटकर आया तो कोच में उसके और उस औरत के अलावा सिर्फ़ एक लड़का और एक बूढ़ा आदमी ही बचे थे। लड़का साइड अपर पर, बूढ़ा साइड लोअर पर।

फ़ौजी फिर मैगज़ीन लेकर बैठ गया। अब उसे बार-बार बाहर नहीं देखना पड़ रहा था। सिर्फ़ एक बार लड़के की तरफ़ देख लेता। लड़का फ़ोन पर उलझा हुआ था। उसकी तरफ़ से फ़ौजी निश्चिंत हो गया। बूढ़ा ऊँघ रहा था। उसका हाथ अपने बैग पर इस क़दर जकड़ा था मानो बूढ़ा किसी लहर में बह रहा हो और यह बैग किसी चट्टान की तरह उसके हाथ आ गया हो। फ़ौजी ने धीरे से आवाज़ की, जैसे कुछ पूछ रहा हो। किसी ने ध्यान नहीं दिया। अब फ़ौजी ने आराम से पैर फैला दिए।

ख़ुराफ़ाती बच्चा सो गया था, औरत के दाएँ, उसकी कमर के पास। वह औरत अपनी आँखें बंद किए खिड़की की तरफ़ टेक लगाकर सो रही थी। नींद में थी या नहीं कहना मुश्किल था। उसकी साड़ी उसके दोनों स्तनों के बीच सिमटी पड़ी थी। अब पहले की तरह उसके ब्लाउज़ के बीच का हिस्सा दिखाई तो नहीं पड़ रहा था, पर अब कसे हुए ब्लाउज़ में से उसके स्तनों का आकार पूरी तरह मालूम पड़ रहा था। हरे रंग के ब्लाउज़ के पीछे सफ़ेद रंग की ब्रा थी। ब्रा का कटाव साफ़ मालूम पड़ रहा था। फ़ौजी ने अपनी कल्पना दौड़ाई। उसके स्तनों के बारे में सोचने लगा। अचानक उसे लगा कि औरत के निप्पल तो साफ़ पता चल रहे हैं। फ़ौजी ने अपनी आँखों को और समेटा। और ध्यान से देखने लगा। कहीं ये ब्लाउज़ की सिकुड़न तो नहीं? नहीं, यह निप्पल ही है।

अचानक फ़ौजी की नज़र साइड अपर पर सोए लड़के से मिली। लड़का फ़ौजी को ही देख रहा था। फ़ौजी एकदम सकपका गया। तुरंत मैगज़ीन के

चार-पाँच पन्ने पलटे। टाइम देखा। बोतल खोलकर एक घूँट पानी पिया। फिर बोतल हाथ में लिए बाहर की तरफ़ देखने लगा। खिड़की पर एक कीड़ा चल रहा था। फ़ौजी आगे की तरफ़ झुका और कीड़े को उँगलियों से बाहर फेंक दिया। फिर एकदम से कुछ दृढ़ निश्चय का भाव आया फ़ौजी के चेहरे पर। मैगज़ीन और बोतल सीट पर अपने दोनों साइड रख दिया। उठा, अपनी पैंट ठीक की और धीरे-धीरे चलता बाथरूम की तरफ़ निकल गया।

बाथरूम में वह उसके स्तनों के बारे में ही सोचता रहा। बीच-बीच में उसे लड़के का ख़याल आ जाता। इस ख़याल ने फ़ौजी की पेशाब की धार को धीमा कर दिया था। पेशाब कर लेने के बाद फ़ौजी उसी स्थिति में खड़ा रहा। कुछ सोचा और फिर निश्चय कर लिया कि अब वह लड़के की तरफ़ देखेगा ही नहीं... मैगज़ीन में देखेगा। एक नज़र औरत की तरफ़ मार लेगा। वैसे भी कौन-सा उसे कुछ मिलने वाला है। आँखों से जितना सौंदर्य पी सकते हो पी लो। लेकिन दिक़्क़त यह है कि आँखों से कितना भी देख लो दिल नहीं भरता। ख़ून में एक अजीब तरह का उबाल आ जाता है। यह उबाल चैन से बैठने नहीं देता। न देखे बिना रह ही नहीं सकते। कितना भी मन मना लो, घूम-फिरकर देख ही लोगे। देखो तो कुछ समझ नहीं आता कि क्या करें।

फ़ौजी वापस आया और अपनी सीट पर बैठ गया। कुछ देर खिड़की की तरफ़ देखा, फिर सिर झुकाकर अपने पैरों की ओर देखने लगा। बारिश तेज़ हो गई थी। पेड़-पौधे सारे मज़े कर रहे थे। कहीं-कहीं तालाब जैसा दिख जाता। तालाब तो ऐसे उछल रहे थे मानो बारिश की बूँदें लपक रहे हों। सिर झुकाए ही फ़ौजी ने अपना बैग समेटा, दो-फ़ोल्ड किया। खिड़की की तरफ़ अपने पैर किए और बैग को सिर के नीचे रखकर सो गया। अब उसे लड़के से निवृत्ति मिल गई थी। अपने हाथों को उसने अपने माथे पर रख लिया। अब कोई नहीं बता सकता था कि फ़ौजी सो रहा है या नहीं। उधर औरत अब सो गई थी, यह कंफ़र्म था। क्योंकि उसके हाथ बिलकुल खुले एक तरफ़ लटके थे। साड़ी घुटनों पर चढ़ चुकी थी। एक मक्खी बार-बार उसके घुटने पर बैठ रही थी। वह कुछ देर के लिए उड़ जाती, बच्चे के मुँह पर बैठती, फिर घुटने पर आ जाती।

बीच-बीच में औरत एक लंबी साँस लेती। उसकी छाती एकदम से चढ़

जाती। फ़ौजी कसमसा जाता। ब्लाउज़ के नीचे से झाँकने का यत्न करता। ऐसा लगता ब्लाउज़ के नीचे कुछ दिख रहा है। स्तन का एक छोटा हिस्सा। फ़ौजी ने अपनी आँखें मलीं। फिर भी साफ़ पता नहीं चल रहा था। थककर फ़ौजी ने उसके पेट को देखना शुरू कर दिया। चपटे सपाट पेट पर एक गहरी नाभि। पेट एकदम मासूम लग रहा था। फ़ौजी को लगता जैसे पेट उसकी ही तरफ़ देख रहा है। फ़ौजी ने अपनी नज़रें हटा लीं। फिर नाभि में देखने लगा। ऐसा लगता नाभि को अपने अस्तित्व से कोई मतलब नहीं। धीरे-धीरे फ़ौजी फिर स्तनों को देखने लगा। औरत अपने ब्लाउज़ के ठीक ऊपर एक उँगली से सहला रही थी। फिर निश्चेष्ट पड़ गई। अचानक फ़ौजी को लगा कि औरत का पेट घूर रहा है। फ़ौजी ने तुरंत पेट की तरफ़ देखा। अबकी बार पेट थोड़ा लाल लगा। जैसे ग़ुस्से में हो। अब फ़ौजी स्तनों की तरफ़ देख ही नहीं पा रहा था। उसे खीझ होने लगी।

औरत ने सोते-सोते ही अपनी साड़ी नीचे कर ली। मक्खी का एक ठिकाना बंद हुआ तो उसने बच्चे को परेशान कर दिया। लगा उसकी नाक में घुस जाएगी। बच्चा कुनमुनाने लगा। औरत अचानक से उठी और बच्चे को गोद में लेकर दूध पिलाने लगी। फ़ौजी घबरा गया। कहीं औरत उसी की तरह आँख मूँदे देख तो नहीं रही थी? उसने अपने पैर मोड़ लिए, और करवट लेकर सो गया। औरत से नज़र मिलाने की उसकी हिम्मत नहीं हो रही थी।

तब तक बूढ़ा आदमी भी उठ चुका था और उस लड़के से बात कर रहा था। अब दोनों ही साइड लोअर सीट पर बैठे थे। ट्रेन धीमी हो गई थी। फ़ौजी सकुचाने लगा। कहीं लड़का बूढ़े को मेरे बारे में तो नहीं बता रहा? फ़ौजी पूरा ध्यान लगाकर उनकी बातें सुनने की कोशिश करने लगा। लड़का धीरे से उठा और फ़ौजी के कंधे पर हाथ रख धीरे से झिंझोड़ दिया। फ़ौजी घुन्ना गया। दिखावा ऐसे किया मानो बहुत गहरी नींद में था। बोला, "क्या हुआ? कोई दिक़्क़त है?"

लड़के ने फ़ौजी की बात को अनसुना करते हुए कहा, "अंकल को उतरना है रघुनाथपुर। दो मिनट में आ जाएगा। एक बोरा है उनका गेहूँ का। थोड़ी हेल्प कर देना मेरी। मुझसे उठ नहीं रहा था। दोनों मिलकर उतार देंगे।" फिर जवाब की प्रतीक्षा किए बिना बोरे को सीट के नीचे से खींचने लगा।

रघुनाथपुर आ गया। तीनों खड़े हो गए। बूढ़े ने ज़ोर से अँगड़ाई ली। औरत की तरफ़ ध्यान से देखा। फिर फ़ौजी की तरफ़। लगा कुछ पूछ रहा हो। फ़ौजी ने होंठ बिचका दिए। मानो हाँ बोला है। ट्रेन रुक गई। बूढ़ा उतर गया। दोनों ने बोरे को नीचे प्लेटफ़ॉर्म पर फेंक दिया। बूढ़ा बहुत ख़ुश था। ख़ुशी में उसने अपने दोनों हाथ हवा में उठाए मानो आशीर्वाद दे रहा हो। फिर आँखों को गोल करते हुए सिर को टेढ़ा कर तीन-चार बार हिलाया।

फ़ौजी ने लड़के की तरफ़ देखा। दोनों मुस्कुरा पड़े। फिर आकर अपनी-अपनी सीट पर बैठ गए। फ़ौजी ने मैगज़ीन रख दी थी। अकड़कर बैठ गया और सामने की सीट पर पैर रख दिए, औरत की तरफ़ याचना भरी निगाहों से देखते हुए। औरत ने अपने पैर को एक तरफ़ कर लिया। उसके चेहरे से बिलकुल नहीं लगा कि उसे कोई दिक़्क़त है। लड़के ने अपना फ़ोन रख दिया था। साइड अपर पर बैठने लायक़ जगह तो होती नहीं। सो वह गर्दन झुका बैठा था। चुपचाप देख रहा था। बच्चा फिर सो गया था।

बनारस आने में दो घंटा और था। लेकिन रघुनाथपुर के बाद ट्रेन दीन-दुनिया, समय-काल से परे हो जाती है। कब पहुँचेगी कोई नहीं जानता। डेढ़ घंटे में भी पहुँच सकती है। पाँच घंटे भी लग सकते हैं। आठ बजे रात का समय है। पर कभी नहीं पहुँची है। फ़ौजी को यह बात मालूम थी। शायद तीनों को मालूम थी, क्योंकि तीनों ही आराम से बैठे हुए थे। बच्चे को क्या ख़ाक मालूम होगा! न पढ़ा, न लिखा। वह दूध पी रहा है। उसकी कोई औक़ात नहीं। सोना ही ठीक है उसके लिए।

फ़ौजी को एहसास हुआ कि उसका अँगूठा औरत के पैर में छू रहा है। औरत की साड़ी का एक हिस्सा फ़ौजी के अँगूठे पर गिरा हुआ था। फ़ौजी ने लड़के की तरफ़ देखा। लड़के ने उसे अनदेखा कर दिया। फ़ौजी ने अपना अँगूठा धीरे से हिलाया। लगा जैसे औरत का नरम-नरम पैर दब रहा है। औरत की कोई प्रतिक्रिया नहीं थी। वह चुपचाप बैठी सामने वाली खिड़की में देख रही थी।

तभी लड़के ने फ़ौजी को घूरना शुरू कर दिया। फ़ौजी ने उसकी तरफ़ देखा... कुछ सेकेंड... जैसे उस लड़के की आँखों को पढ़ रहा हो। फिर वह अपने सामने देखने लगा। लड़का धीरे से उतरकर साइड लोअर पर बैठ गया।

ट्रेन धीमे-धीमे चल रही थी। चल रही थी, रुकी नहीं थी। अँधेरा बढ़ रहा था। बारिश बहुत तेज़ हो गई थी। अब बाहर पेड़-पौधे भी नहीं दिखाई दे रहे थे। लड़के ने कोच का बल्ब जला दिया। हल्की रौशनी थी इसकी। पर एक-दूसरे को देखने भर को काफ़ी थी। फ़ौजी और चौड़ा होकर बैठ गया। उसने दूसरा पैर भी सामने वाली सीट पर रख दिया। अब उसकी चार उँगलियाँ औरत के पैरों को छू रही थीं। लड़का भी खिड़की के पास गर्दन टिकाकर फैल गया। उसके पैर मिडिल और अपर बर्थ पर जाने वाली सीढ़ी पर टिक गए। बच्चा फिर कुनमुनाने लगा। औरत ने अपने बगल से उठाकर उसे फिर छाती से लगा लिया। साड़ी को थोड़ा-सा सीने पर लाकर वह ब्लाउज़ ऊपर करने लगी। तभी ट्रेन ने हिचकोला लिया और साड़ी नीचे खिसक गई। बच्चा औरत के निप्पल को मुँह में नहीं ले पाया था। वह किचकिचा गया। औरत का स्तन और निप्पल हवा में हिल रहे थे, अलग-अलग। औरत ने अपने पैर पीछे खींचे और खिड़की की तरफ़ मुड़कर बच्चे को दूध पिलाने लगी। अब फ़ौजी ने लड़के की तरफ़ देखा। दोनों मुस्कुरा पड़े।

माफ़ी

अमीना जहाँ जाती, उसका बेटा टीपू दिखाई देता था। कभी दीवारों पर चलता मिलता, कभी रास्ते के पेड़ों पर बैठा। कभी-कभी तो क़साई की दुकान पर कटे मीट में बैठा मिलता। टीपू पिछले साल ही मरा था। उसके फ्रिज से बीफ़ निकला था। उसने ग़लती की थी। इस बात का पछतावा माँ को था। पर संतोष ये था कि मरने के बाद भी बेटे से दूरी नहीं हुई।

ये बात अमीना ने टीपू के अब्बा को भी नहीं बताई थी। टीपू ने मना किया था। उसके अब्बा कभी-कभी टीपू की फ़ोटो निहारते तो अमीना दबी ज़ुबान में हँसती। सोचती कि ज़िंदगी भर अमीना को लल्लू समझते रहे, पर असल लल्लू तो यही निकले। मौलाना महाशय। टोपी लगा ली, दाढ़ी बढ़ा ली, सुरमा लगा लिया, हो गए ज्ञानी। बेटा बेवक़ूफ़ समझता है, तभी तो इनको नहीं बताता कुछ।

उस रात टीपू ने कहा था कि आज मीट अब्बा बनाएँगे। अम्मी को बनाने नहीं आता। तब तक मकरंद आ गया। मकरंद टीपू के साथ मीट खाता था। उसके घर में मीट की मनाही थी। टीपू ने कभी किसी को बताया नहीं था।

अभी गैस जलाई ही थी कि मकरंद का फ़ोन बज गया। वह बाहर चला गया। तब तक 15-20 लोग घर में घुस आए। शोर-शराबा होने लगा। अमीना को लगा साँप निकल आया है।

ऐसा पहले भी हुआ था। तब पंडित रामचंद्र का बेटा नीरज बंदूक़ लेकर आया था। एक गोली लगने पर साँप उछल पड़ा था। बड़ी मुश्किल से मारा गया था। नीरज उस दिन भी बंदूक़ लेकर आया था। अमीना उसके पीछे खड़ी हो गई। नीरज ने उसे पीछे से खींचकर सामने वाले कमरे में बंद कर दिया था। फिर कुछ धड़धड़ की आवाज़ हुई थी। लगा सामान उलटा-पलटा जा रहा है। फिर चीख़ने की आवाज़ आई। वो आवाज़ फिर दूर निकलती गई। अचानक लगा कि घर से सारे लोग चले गए हैं। अमीना ने बहुत देर बाद दरवाज़ा खोलने की कोशिश की। पर हतभाग्य, ये तो खुला ही था। नाहक़ लगा था कि सेफ़्टी के लिए नीरज ने बंद कर दिया था। वह भागी बाहर गई थी। फिर उसे कुछ याद नहीं रहा।

अब यही पता है कि फ्रिज में बीफ़ नहीं रखना चाहिए था। अल्लाह का शुक्र है कि मियाँ बच गए। वरना गुनाह तो बड़ा था ही। अमीना ने सबसे माफ़ी माँगी थी। रोज़ वह घर के बाहर खड़ी हो जाती और हर आने-जाने वाले से माफ़ी माँगती। कि जाने दो टीपू की ग़लती थी, अब्बा ने तो नहीं की थी। मुझे भी कहाँ पता था! शुरू में लोग सहम जाते थे। कुछ-कुछ बोल देते थे। बाद में लोग हँसने लगे थे अमीना की बात पर। तब अमीना को लगने लगा था कि सबकुछ ठीक हो गया है अब। तभी तो लोग मुस्कुराने लगे हैं। मिल-जुलकर रहने में ही भलाई है। पर नीरज अभी भी सहम जाता था अमीना को देखकर। एक उसी से माफ़ी नहीं मिली थी। ऐसा अमीना को लगता था।

लगने वाली बातें घूम-फिरकर सामने आ जाती हैं।

अब दिन अचानक गेरुए होने लगे थे। सितंबर के महीने में धूल उड़ती, जैसे कोई रामरज से होली खेल रहा हो। पर दिन के बाद शाम नहीं होती थी। अचानक रात हो जाती। रात के बाद भोर नहीं होती थी। अचानक सूरज नारंगी रंग का होकर चमकने लगता था। रातें हरी होती थीं। चाँद की तरफ़ देखने में डर लगता था। ऐसा लगता हरे रंग की गाय पत्थर की एक आँख लगवाकर घूर रही है। अमीना जब भी बोलती, उसे लगता ख़ूब घंटे घड़ियाल बज रहे

हैं। घबराकर वह कुछ सोचने लगती थी आजकल। पर इस क्रम में मन में भी कोई बात बोलती तो लगता कि चार-पाँच लाउडस्पीकर लगातार बज रहे हैं। वह पसीने-पसीने हो उठती।

टीपू उसकी किसी बात का जवाब नहीं देता था उस वक़्त। खिड़की से बाहर देखता रहता। जब सुबह होती तो अचानक बोल उठता- "देख अम्मी वहाँ तालाब के कीचड़ में कमल खिल रहा है। एक भौंरा बैठा है उस पर।" फिर उसके अब्बू आ जाते और टीपू आलमारी के पीछे छुप जाता।

आज अमीना बहुत ख़ुश थी। कल से नवरात्रि शुरू हो रही थी। रामलीला होती थी गाँव में। टीपू बचपन में सीता बना करता था। इतना प्यारा था। मकरंद राम बनता था। अमीना ने तय किया था कि रात होने से पहले वह नीरज से पूछेगी। बोलेगी कि माफ़ कर दो। अब तो रामलीला होगी, तो चाची को नहीं दिखाओगे?

चौराहे पर अमीना खड़ी हो गई। बड़ी देर हो गई पर नीरज नहीं आया। अब अमीना को बहुत तेज़ प्यास लग रही थी। वहीं एक फूटा घड़ा पड़ा हुआ था। अमीना ने झाँककर देखा तो उसमें पानी था। पर टीपू उसी में पाँव डाले बैठा था। पता नहीं क्या सोच रहा था। अमीना ने टोका कि हट जा, पानी तो पी लेने दे। तो टीपू ने हाथ हिलाकर मना कर दिया। कड़वा-सा चेहरा बना लिया। फिर अचानक उठकर चल पड़ा कि मैं जाता हूँ। अमीना की प्यास मिट गई।

तभी नीरज आता दिखा। मोटरसाइकिल पर। अमीना को देखते ही उसने गियर बदले, एक्सिलरेटर लिया, और मोटरलाइकिल हुर्र-हुर्र करके रुक गई। वह उतरकर जल्दी-जल्दी किक मारने लगा। तब तक हैंडिल छूट गया और मोटरसाइकिल गिर गई। उसका मिरर फूट गया। अमीना ने ध्यान से नीरज को देखा और ज़ोर से हँस पड़ी। फूटे हुए शीशे में लग रहा था कि नीरज के दस सिर हैं।

नीरज ने चिल्लाकर कहा- "क्या हँस रही है! पागल है क्या तू?"

अमीना सामने आकर खड़ी हो गई। बोली- "माफ़ कर दो।"

नीरज का गला फट गया- "भागती है कि नहीं!"

अमीना ने कहा- "टीपू भी यहीं कहीं होगा। वो क्या सोचेगा कि माँ से कैसे बात कर रहे हो!"

नीरज के हाथ से बाइक छूट गई। उसने खड़े होने की कोशिश की, पर

नहीं हो पाया। ऐसा लग रहा था कि फूटे हुए काँच के टुकड़ों ने बाउंड्री-सी बना दी है। वह चाहकर भी उनके पार नहीं जा पा रहा था।

अमीना ने फिर कहा- "बेटे की तरह हो, माफ़ कर दो।"

नीरज चिल्लाने लगा। लगातार। पर अब पता नहीं चल पा रहा था कि क्या बोल रहा है।

तभी वहाँ पर दो लोग प्रकट हुए। एक अमीना की बग़ल में। दूसरा नीरज की बग़ल में। अमीना की बग़ल में साड़ी पहने और सोलहों शृंगार किए हुए टीपू खड़ा था। पर उसने अपनी मूँछें नहीं हटाई थीं। नीरज की बग़ल में मुकुट पहने और तीर-धनुष लिए मकरंद खड़ा था। वह कुछ बेचैन-सा लग रहा था। बार-बार टीपू की तरफ़ देखता और नज़रें फेर लेता।

नीरज को अचानक लगने लगा कि वह चारों तरफ़ देख सकता है। उसे सिर घुमाने की ज़रूरत नहीं। अब उसे इतने रास्ते नज़र आ रहे थे कि वह असहाय महसूस कर रहा था। भागने की बिलकुल इच्छा नहीं हो रही थी। अचानक वह टीपू की तरफ़ सम्मोहित-सा बढ़ने लगा। उसने उसकी साड़ी खींच दी। मकरंद चिल्ला पड़ा। ज़मीन पर देखते हुए।

"नीच, उसको हाथ मत लगा। पहले तू मुझसे निपटेगा।"

नीरज ने अमीना की ओर देखा। अमीना ने दोनों हाथ जोड़ लिए। नीरज ने अपना माथा पकड़ लिया। लग रहा था कि फट जाएगा। अचानक उसका चेहरा तमतमा उठा और वह मकरंद पर टूट पड़ा। उसने उसके सिर पर पत्थर दे मारा। सिर फूट गया। ख़ून बहने लगा। मकरंद लोट गया। और फिर नीरज ने डिक्की से बंदूक़ निकाल ली।

उधर टीपू दोनों हाथों में चाकू लिए ज़मीन खोदने लगा था। पता नहीं उसके हाथ में कितनी ताक़त आ गई थी कि एक-एक बार में दो-दो फ़ीट गड्ढे कर दे रहा था। अमीना आश्चर्य और प्रशंसा से उसे देख रही थी।

मकरंद ने गिरे-गिरे पानी माँगा। अमीना तुरंत फूटे हुए घड़े को लेकर दौड़ पड़ी। तभी नीरज की आवाज़ गूँजी- "पानी नहीं मिलेगा। जहाँ खड़ी हो, वहीं रहो।"

पर अमीना ने अनसुना कर दिया। बोली- "शैतान हो क्या, मेरे बेटा जैसा है वो। प्यासा है, पानी तो पिला लेने दो। फिर लड़ना।"

पर जितना वह चलती, रास्ता ख़त्म ही नहीं हो रहा था। ऐसा लग रहा था कि रेगिस्तान में चल रही है। और फिर तब तक दिन जाने लगा। रात हो गई। हरे आसमान के नीचे गेरुए रंग की मिट्टी उड़ने लगी। ये मिट्टी अमीना के पैरों में जल रही थी। मकरंद ने फिर पानी माँगा। इस बार नीरज ने बंदूक़ चला दी। गोली मकरंद के कंधे पर लगी। ख़ून रिसने लगा। मकरंद इतना प्यासा था कि अपना ख़ून चाटने लगा।

अमीना हँसने लगी। बोली कि अब तो माफ़ कर दो।

उधर टीपू 6 फ़ीट गहरे गड्ढे में उतर चुका था। और बहुत तेज़ी से मिट्टी अपनी तरफ़ खींच रहा था। एक बार में पता नहीं कितना खींच ले रहा था। अमीना ने उसकी तरफ़ देखा। फिर नीरज ने देखा। फिर मकरंद ने। इतनी देर में वह गले तक मिट्टी में धँस चुका था। अब वह मुस्कुराया एक बार। और फिर ज़ोर से साँस ली। बाक़ी की मिट्टी भी उड़ते हुए उसके ऊपर आ गिरी। अब वहाँ कुछ नहीं था। सबकुछ पहले जैसा हो गया था। समतल ज़मीन।

मकरंद के शरीर में हलचल होने लगी। वह खड़ा हो गया। बिना किसी की तरफ़ देखे चल पड़ा। चलता गया। फिर वह आँखों से ओझल हो गया। अगले दिन तालाब में उसकी लाश तैरती हुई मिली थी।

नीरज अमीना को मोटरसाइकिल पर बैठाकर घर छोड़ आया था। टीपू के अब्बू नाराज़ थे। अमीना बिना कुछ बताए ग़ायब हो गई थी। वह घबरा रहे थे। अमीना ने रहस्यमयी मुस्कान से टीपू के अब्बू को देखा। फिर हँसने लगी। खाना बनाकर, खिलाकर वह अपने कमरे में गई। आलमारी के पीछे झाँका। पर टीपू वहाँ नहीं था। उसने फिर देखा। नहीं था। अमीना ने लाइट जला ली। टीपू नहीं था। वह बदहवास-सी भागने लगी। खोजने लगी। रातभर इंतज़ार किया। पर टीपू नहीं आया। उस दिन सुबह पहली बार लोगों ने अमीना को टीपू-टीपू कहकर रोते सुना था। इसके पहले अमीना कभी नहीं रोई थी।

उसी दिन सुबह-सुबह ख़ूब गाजे-बाजे बजने लगे थे। लोग कह रहे थे कि चुनाव प्रचार हो रहा है। पंडित रामचंद्र ने सुबह-सुबह ही जनेऊ की क़सम खाई थी कि इस मुल्क को पाकिस्तान नहीं बनने दूँगा। तभी उनके कान में किसी ने आकर कुछ कहा। वो गश ख़ाकर गिर पड़े। नीरज को हर थाली में मीट नज़र आ रहा था। रात से ही। वह पचासों बार उल्टियाँ कर चुका था।

बैडमैन द गुड और बैडमैन द बैड

विशाल कैंपस के बीचो-बीच बने दो मंज़िले ख़ूबसूरत हवेली जैसे मकान के दूसरे तल पर लाइट जल रही थी। बाक़ी जगह अँधेरा था। ऐसा लग रहा था जैसे ब्रह्मांड के अँधेरे में एक पुच्छल तारा कहीं खड़ा हो गया हो। कैंपस का मुख्य दरवाज़ा बहुत बड़ा था और उसमें बड़े-बड़े ताले लगे हुए थे। कैंपस में चारों ओर बड़े-बड़े पेड़ थे। जिनके बीच बहुत सारे फूल लगे थे, जिनकी ख़ुशबू हवाओं में तैर रही थी। जुनैद जब बाउंड्री से कूदकर कैंपस में दाख़िल हुआ तो उसके धप्प से कूदने की आवाज़ पेड़ों की सरसराहट में गुम हो गई। सारे चौकीदार बेख़बर सो रहे थे। दूसरे तल पर रहनेवाला 90 साल का बूढ़ा रात रात भर जागा करता था। शीशे से बनी खिड़कियों पर अपने खुरदरे हाथ रखकर बाहर देखता रहता। लगता जैसे अँधेरे में अपनी कोई खोई चीज़ ढूँढ़ रहा हो। जुनैद ने पूरा पता किया था। सुप्रीम लीडर का आज जन्मदिन था। सारे लोग आतिशबाजी और फ़ंक्शन में व्यस्त होंगे। लेकिन बूढ़ा अकेला बैठा होगा अपने घर में। छुरा देखकर उसकी रूह काँप जाएगी, बोल भी नहीं पाएगा। पहले उसके गुनाह क़बूल करवाऊँगा, फिर अपने महबूब पैग़ंबर के अपमान

और अपनी प्यारी मस्जिद के टूटने का बदला लूँगा। ये सारे मुसलमानों की तरफ़ से बदला होगा।

जुनैद पाइप के सहारे दूसरे तल पर पहुँच गया। चारों तरफ़ से फ़्लोर बंद था। शीशे के बड़े-बड़े दरवाज़े थे जिनके पीछे पर्दे खिंचे हुए थे। शीशा तोड़ने पर आवाज़ होती। लेकिन किचन की खिड़की खुली थी। जुनैद उसी से दाख़िल हुआ। अंदर एकदम सन्नाटा था। बेडरूम, ड्राइंग रूम सब ख़ाली थे। लाइब्रेरी में लाइट जल रही थी। जुनैद लाइब्रेरी की खिड़की से अंदर देखने लगा। बूढ़ा बड़े से सोफ़े पर सिर झुकाए बैठा था। सामने फ़र्श पर बिछी दरी पर दो अधेड़ लोग लोट-लोटकर हँस रहे थे। एक ने कहा- "मैं हूँ बैडमैन द गुड।" दूसरे ने कहा- "मैं हूँ बैडमैन द बैड।" फिर दोनों ने एक साथ कहा- "आप हैं आयरनमैन।"

फिर उनकी हँसी और तीव्र हो गई। ये हँसी वैसी थी जिसमें दोनों व्यक्तियों का मुँह पूरा खुल जा रहा था। लेकिन हँसने की आवाज़ गले से नहीं आ रही थी। ऐसा लग रहा था जैसे हवा उनके गले से घिसटती हुई उनके फेफड़ों में जा रही है। इस घर्षण की वजह से जो आवाज़ आ रही थी, वही सीटीनुमा हँसी के रूप में निकल रही थी।

जुनैद हतप्रभ हो गया। उसे अपना प्लान फ़ेल होता नज़र आया। आख़िर वह पता क्यों नहीं कर पाया कि दो लोग आज ही आनेवाले हैं बूढ़े के यहाँ! वे रुकेंगे भी, ये क्यों नहीं पता चला! जुनैद को ख़ुद पर क्रोध आने लगा। इस काम के लिए उसने महीनों प्लानिंग की थी। बूढ़े को कहीं भी बुलाया नहीं जाता था, इसलिए आज का दिन मुफ़ीद था। सारे चौकीदार भी फ़ोन पर सुप्रीम लीडर के कार्यक्रम देखते हुए सो ही गए थे। पर ये क्या? सुप्रीम लीडर अपने सुप्रीम सेवक के साथ बूढ़े के यहाँ लोट-लोटकर हँस रहा है। बूढ़े के यहाँ केक भी लाकर रखा है। जुनैद का पारा सातवें आसमान पर पहुँच गया।

अब बैडमैन द गुड और बैडमैन द बैड, दोनों बूढ़े के दोनों तरफ़ बैठ गए थे।

"तो आपको अब अपने ननिहाल की याद आती है? अपने बचपन की? अपने स्कूल की? दोस्तों की, जिनके साथ आप खेलते थे? आपको उन दिनों की याद आती है जब हम लोग आपके पीछे-पीछे तौलिया और ब्रश लेकर

दौड़ते थे? क्या आपने कभी सोचा था कि इन लड़कों के भी अरमान होंगे?"

बूढ़ा सिर झुकाए बैठा रहा।

"क्या आपको पता है कि जो लोग आपकी ताक़त के सामने सिर झुकाते थे, वे ही पीठ पीछे मज़ाक़ बनाते थे? वो हमीं लोग थे।"

"ओ हो, तो आत्मकथा लिखी जा रही है यहाँ!"

"आपको आत्मकथा लिखने की ज़रूरत नहीं है। आपके लिए किताब पहले से लिखी हुई है। 'ऑटम ऑफ़ द पैट्रियार्क' उपन्यास पढ़ा है आपने? आपकी लाइब्रेरी में रखी तो है। इसमें भी आप जैसा ताक़तवर बूढ़ा ही रहता है, जिसका लोग पीठ पीछे मज़ाक़ बनाते हैं।"

बूढ़े ने दोनों हाथ जोड़ लिए- "हा हा। यही चीज़ मुझे नापसंद है।"

बैडमैन द गुड ने कहा- "हर बात में हाथ जोड़ लेना। अरे, ताक़त छीननी पड़ती है, हाथ जोड़ने से बस भीख मिलती है।"

बैडमैन द बैड ने बात पूरी की- "इनको रोना आता है। ये रोते हैं। भावुक आदमी हैं। अरे, झूठे हैं ये।"

फिर दोनों बुरी तरह हँस पड़े।

बैडमैन द गुड ने बूढ़े के चेहरे के सामने जाकर बोला- "'ऑटम ऑफ़ द पैट्रियार्क' में लिखा है कि उसने अपने अनगिनत सालों में ये खोजा कि झूठ शंका से ज़्यादा आरामदायक होता है, प्यार की तुलना में ज़्यादा उपयोगी होता है और सच की तुलना में इसकी ज़िंदगी ज़्यादा होती है। ये आपका झूठ ही था जिसे आधार बनाकर आपने मस्जिद तोड़ी थी। वो झूठ आपके लिए उपयोगी भी रहा और किसी भी सच से ज़्यादा उसका जीवन भी रहा।"

बैडमैन द गुड अब सीरियस हो गया। अब वो बूढ़े के कान में कुछ-कुछ कहने लगा। जुनैद ने सुनने का प्रयास किया। पर कोई आवाज़ नहीं आ रही थी। जुनैद ने अपनी पूरी ताक़त लगा दी कानों को जागृत करने में। आँखें मींचकर सुनने की कोशिश की। तभी एक हाथ ने उसके मुँह को दबा दिया और दूसरे ने उसकी गर्दन पर घेरा डाल दिया। उसे घसीटकर लाइब्रेरी में ले चला। यह बैडमैन द बैड था।

अब लाइब्रेरी में एक तरफ़ बूढ़ा बैठा था। दूसरी तरफ़ उसके सामने जुनैद। बैडमैन द गुड और बैडमैन द बैड दोनों खड़े थे और हँस रहे थे।

बैडमैन द बैड ने कहा- "बेटा, चाकू हाथ में ही रखो। हमको कोई ख़तरा नहीं है। बस ये बताओ कि क्या करने आए थे और क्या-क्या सुन रहे थे?"

जुनैद ने सब बता दिया। दोनों ठठाकर हँस पड़े। बैडमैन द गुड ने कहा- "तो फिर मार दो। कल्याण करो विश्व का। साहित्य संगीत कला विहीनः साक्षात पशुः पुच्छविषाणहीनः। पृथिव्या भुवि भारभूता मृगाश्चरंति। आजकल इनके पास कोई काम नहीं रह गया है। सिवाय चुगली करने, रोने, हाथ जोड़ने के। निपटा दो। समस्त जगत का कल्याण हो।"

बैडमैन द बैड ने बूढ़े का चेहरा दोनों हाथों से ऊपर उठाते हुए कहा- "आपकी इच्छा हो तो आप भी इसे मार सकते हैं। हम जनसेवक हैं। जनता की इच्छा पूरी करना हमारा धर्म है। हम सत्य और अहिंसा के पक्ष में हैं। सत्य ये है कि ये लड़का आपको मारने आया था और हम उसे अहिंसा के मार्ग पर रखेंगे। आप मार दीजिए इसे।" फिर दोनों बुरी तरह हँस पड़े।

बैडमैन द गुड ने जुनैद के हाथों से चाकू लेकर बूढ़े के हाथ में दे दिया। बोला- "समस्त विश्व का मार्ग प्रशस्त हो। सबके हाथों में ज्ञान और ताक़त हो। बुढ़ऊ, आज दिखा दो अपना करतब।"

बैडमैन द बैड ने कहा- "इसमें किसी को कोई दिक़्क़त नहीं है। अगर बुढ़ऊ मार दें तो आत्मरक्षा में किसी बूढ़े का अब तक का सबसे बड़ा प्रदर्शन होगा। शायद ही नब्बे साल की आयु में किसी ने बाहुबल और अस्त्र संचालन का ऐसा नमूना पेश किया हो। हे धनुर्धर! इतिहास आपको एक वीर योद्धा की तरह याद रखेगा। जो जवान रहा तो मस्जिद तोड़ता रहा और बुढ़ापे में एक युवा का क़त्ल कर दिया। छीः! बहुत गिरे हुए इंसान हैं आप। आप पर अकेलापन इतना हावी हो गया है कि पहले आपने ख़ुद का क़त्ल किया है और अब आप किसी और का क़त्ल करने से भी नहीं हिचकेंगे।"

बैडमैन द गुड ने कहा- "पर अगर ये लड़का बुढ़ऊ को मार दे तो इतिहास में अब तक की सबसे नृशंस हत्या होगी। फिर तो कोई बुढ़ऊ का योगदान कभी भूल नहीं पाएगा। कल ख़बरों से हमें पता चलेगा तो हम भी रोएँगे महान आत्मा की याद में।"

बैडमैन द बैड सीरियस हो गया- "आत्मा नश्वर होती है। सॉरी। शरीर नश्वर होता है। आत्मा विचरण करती रहती है। ऐसी पुण्यात्मा तो सालों से

विचरण कर रही है। शरीर तो इनका कब का विगलित हो गया है। ये आत्मा ही तो हैं। लोभ, मोह, काम, क्रोध से ऊपर। आत्माराम की जय हो।"

फिर दोनों कमरे में कुछ सोचते हुए टहलने लगे। बैडमैन द गुड ने रिकॉर्ड प्ले कर दिया। गाना बजने लगा- 'लाज़िम है कि हम भी देखेंगे।' बैडमैन द बैड ने एक किताब उठा ली—क्रॉनिकल ऑफ़ ए डेथ फ़ोरटोल्ड। एक लाइन पढ़ी- "He always considered death an unavoidable professional hazard."

फिर दोनों ने एक दूसरे को देखा और कहा- "हम बाहर चलते हैं। इन दोनों लोगों को कुछ देर के लिए अकेला छोड़ते हैं। इनकी आपसी लड़ाई है। कुछ देर आपस में ही सुलझाने का प्रयत्न करें।

फिर दोनों लाइब्रेरी के बाहर आ गए और दरवाज़ा बंद कर दिया।

अब जाकर जुनैद की चेतना लौटी। अभी तक मानो उसके मन-मस्तिष्क पर टनों बोझ था। उसकी हर साँस में कई किलो कैलोरी ऊर्जा जा रही थी। एकदम कमज़ोर असहाय महसूस कर रहा था। पर अब उसने तुरंत लाइब्रेरी से बाहर जाने का रास्ता खोजना शुरू किया। कोई खिड़की मिल जाए, कोई गुप्त दरवाज़ा। कोई कमज़ोर ईंट। कुछ भी। पर कुछ भी नहीं मिला। बूढ़ा अपनी जगह खड़े बस घूम-घूमकर उसे देखता रहा। थक-हारकर जुनैद बूढ़े के सामने ही बैठ गया। दोनों के बीच सेंटर टेबल पर छुरा ज्यों-का-त्यों पड़ा था।

बूढ़े ने कुछ बोलना चाहा, पर बोल नहीं पाया। गला रुँध गया। वह हाथ जोड़े बैठा रहा। कुछ देर बाद जुनैद ने थोड़ा सोचकर कहा- "मुझे आपसे कोई शिकवा नहीं अब। आप मेरे लिए उस पुरानी मस्जिद की तरह ही हैं। आपको भी भरभरा के गिराया जा रहा है। ज़मीन तो आपकी भी क़ब्ज़ा की जा चुकी है। आपका अस्तित्व, आपकी पहचान, आपकी नींव उस मस्जिद की तरह ही घेरे में ला दी गई है। आप भी कभी इनके लिए पैग़ंबर ही थे।"

बूढ़ा रोने लगा।

थोड़ी देर तक दोनों चुप रहे। जुनैद फिर बोला- "जब मैं आपके कैंपस के बाहर था, तो चारों ओर अँधेरा था और आपके यहाँ लाइट जल रही थी। मुझे रश्क हुआ था। ऐसा लग रहा था जैसे अँधेरे पर एक बूढ़े का शासन चल

रहा है। मैंने अपने लिए ऐसे ही बुढ़ापे की कल्पना की थी। जिसमें बड़ा-सा बंगला हो और चारों तरफ़ चौकीदार हों। पेड़-पौधे हों, किसी बात की चिंता न हो। लेकिन मुझे ये भी ख़याल आया कि शायद ये क़ब्र जैसा भी है। जिसमें चारों ओर कैमरे और हथियारबंद गार्ड की दीवारें लगी हैं। लोग फूल-माला चढ़ाने आ सकते हैं। शायद अंदर से तो लाश ही झाँक रही होगी। जीवित व्यक्ति अँधेरे में लाइट जला के क्यों बैठेगा! वो भी तो सोना ही चाहेगा!"

बूढ़ा कुछ देर तक जल्दी-जल्दी साँस लेता रहा फिर एकदम शांत हो गया जैसे साँस ही चली गई हो। फिर अचानक बोला- "There had never been a death so foretold."

जुनैद चिढ़ गया- "आपका घर है, आपकी लाइब्रेरी है। कोई तो उपाय निकालिए यहाँ से निकलने का। कुछ तो उपाय होगा ही। ये कौन-सी स्थिति में आ गए हैं। ऐसा लग रहा है जीवन से निकल चुके हैं लेकिन मौत के पास पहुँचे नहीं हैं। या तो मौत ही आ जाए या फिर जीवन में वापस चले जाएँ। इस स्थिति में ज़्यादा देर नहीं रह सकते।"

बूढ़े ने गंभीर होकर कहा- "तुम मुझे मारने आए थे। और अब तुम मुझसे जीवन में वापस जाने का रास्ता पूछ रहे हो! जिस क्षण तुमने मुझे मारने का प्लान बनाया, उसी क्षण तुम जीवन और मौत के बीच की जगह पहुँच चुके थे। जहाँ मैं पहले से पहुँचा हुआ हूँ। हम दोनों अब एक ही जगह पर हैं। मेरे पास एक प्लान है। आज सुप्रीम लीडर का जन्मदिन है। उसको भेजने के लिए केक मँगवाया था मैंने। यहीं रखा है। क्रांति के दिनों से ही मैं अपने पास सायनाइड रखता हूँ। इसका हमें बड़ा रोमैंटिसिज़्म हुआ करता था कि दुश्मनों के हाथ आएँगे तो सायनाइड खा लेंगे। लेकिन मेरे दुश्मन ऐसे निकलेंगे, मैंने सोचा नहीं था। ख़ुद नहीं खाऊँगा। केक में सायनाइड मिला के दोनों को खिला देते हैं। फिर देखा जाएगा आगे।"

जुनैद बूढ़े को देखता रह गया। बूढ़ा बोला- "कोशिश करते हैं, देखते हैं।"

जुनैद बोला- "कोई और रास्ता नहीं है? बातचीत का?"

बूढ़े ने मुँह पर उँगली रखकर इशारा किया- "चुप। बातचीत से कुछ नहीं होता। डायरेक्ट एक्शन से ही नतीजे निकलते हैं।"

लाइब्रेरी का दरवाज़ा भड़ाक से खुला। बैडमैन द गुड और बैडमैन द बैड दोनों ने एक साथ प्रवेश किया। बैडमैन द गुड ने सेंटर टेबल पर रखा केक देखा और हँस पड़ा। बैडमैन द बैड ने कहा- "तो यहाँ किसका जन्मदिन मनाया जा रहा था? हमने तो जीने-मरने का फ़ैसला छोड़ रखा था आप लोगों पर? इतनी देर में एक फ़ैसला नहीं ले पाए आप लोग? लानत है!"

बूढ़े ने हाथ जोड़े- "केक मँगवाया था आपके जन्मदिन पर भेजने के लिए। कम-से-कम वो तो काट लेते। ये वही केक है जो हम लोग क्रांति के दिनों में भी मँगवाया करते थे।"

बैडमैन द गुड ने बैडमैन द बैड को देखा और बोला- "ठीक है, फिर केक काट लेते हैं पहले। खा लेते हैं।"

केक काटकर बैडमैन द गुड और बैडमैन द बैड दोनों खाने लगे। बूढ़ा और जुनैद वहीं बैठे रहे। साँस रोके। वो दोनों केक खाते रहे और कुछ-कुछ बोलकर आपस में हँसते रहे। केक ख़त्म होने के साथ दोनों की हँसी तीव्र हो गई- "We have more enemies than we have soldiers."

जुनैद और बूढ़ा दोनों इंतज़ार करते रहे कि सायनाइड का असर अब होगा, तब होगा। जुनैद मन में प्लानिंग भी कर रहा था कि इनके मर जाने के बाद क्या किया जाएगा। बूढ़ा कुछ नहीं सोच रहा था। बस देख रहा था। उसे अपने प्लान में अटूट भरोसा था। वक़्त बीतता गया, सुबह होने को आ रही थी। पर बैडमैन द गुड और बैडमैन द बैड, दोनों पर सायनाइड का कोई असर नहीं था। दोनों थोड़ा ऊँघते नज़र आ रहे थे। वहीं सोफ़े पर पसर गए। बीच-बीच में कुछ बोल दे रहे थे। कोई नारा सुनाई देता, या लगता कि किसी की पोल-पट्टी खोल रहे हैं। फिर कभी हँसने लग रहे थे।

रात गहरी हो गई। दोनों ही खर्राटे लेते आराम से सोफ़े पर पड़े थे। बीच-बीच में हिल-डुल जाते, कुछ बोलते रहते। बूढ़े से रहा नहीं गया। उठा और उसने कुशन से बैडमैन द गुड के नाक और मुँह को दबा दिया। तब तक बैडमैन द बैड की आँख आधी खुली और उसने अपने हाथ से ज़ोर से इशारा किया- "हे, हट। हट यहाँ से। जा के उधर बैठ।"

बूढ़ा हट गया। बैडमैन द बैड फिर खर्राटे लेने लगा। जुनैद अपना माथा पकड़कर बैठा था।

जुनैद ने बूढ़े को इशारा किया। जब दोनों सो ही रहे हैं, तो हम बाहर चलते हैं। भाग निकलते हैं। कुछ सोचा जाएगा आगे जाकर। झटपट दोनों दूसरे तल से नीचे उतरे। लेकिन प्रथम तल के मुख्य दरवाज़े पर ढेर सारे चौकीदार खड़े थे। बोले- "साहेब ने सोने से पहले मैसेज किया था, कोई बाहर न जाने पाए। आप लोग नहीं जा सकते। सॉरी।"

दोनों व्यक्ति वापस लाइब्रेरी में जाने लगे। जुनैद तेज़ी से सीढ़ियाँ चढ़ रहा था। वहीं बूढ़ा धीरे-धीरे अपनी खुरदरी उँगलियों से दीवारों और सीढ़ियों के हैंडल को छूता हुआ ऊपर आ रहा था। ऐसा लग रहा था जैसे वह अपने घर को आख़िरी बार देख रहा हो। ऐसा लग रहा था जैसे उसके साम्राज्य का आख़िरी हिस्सा भी उससे छूट रहा हो। बूढ़ा बादशाह बहादुरशाह ज़फ़र की तरह लग रहा था। पता नहीं कितने वक़्त बाद उसे एहसास हो रहा था कि अँधेरा ऐसा दिखता है। अँधेरे में अपना घर किसी ताबूत जैसा भी बन जाता है। ये जीवन का अँधेरा है या मौत का, नहीं पता।

जब ये लोग लाइब्रेरी में पहुँचे तो बैडमैन द गुड और बैडमैन द बैड दोनों पालथी मारे ध्यान की मुद्रा में थे। बैडमैन द गुड आँखें बंद किए कहे जा रहा था- "व्यवस्था के प्रति नफ़रत और क्रोध, यही दो चीज़ें हैं मेरे पास। इस स्थिति में मैं करुणा या प्रेम प्रदर्शित नहीं कर सकता। अगर करूँगा भी तो क्रोध में ही करूँगा और वो नफ़रत जैसा ही दिखेगा। मैं नफ़रत में ही काम कर सकता हूँ। मैं क्रोध में ही काम कर सकता हूँ।"

बैडमैन द बैड ने ज़ोर से साँस ली जैसे पूरे वायुमंडल की हवा अपनी नाक में खींच ली हो और बोला- "अपने धर्म की ताक़त को खोने का दर्द किसी के धर्म से जुड़ने से मिले प्यार से मिटाया नहीं जा सकता। उनके प्रति नफ़रत से ये दर्द कम ज़रूर किया जा सकता है। ये दर्द ही मेरी प्रेरणा है। ये दर्द इतना ज़्यादा है कि मुझे किसी और का दर्द इसके सामने कम ही लगता है। मुझे ये ज़्यादा दर्द होता है कि लोग धर्म की ताक़त को समझते क्यों नहीं। ये ताक़त एक मस्जिद गिराने तक ही सीमित नहीं है। असीमित ब्रह्मांड में इसका विस्तार है। नफ़रत हमें ताक़त देगी इस विस्तार को सहेजने की।"

जुनैद सिर झुकाए बैठा रहा। बूढ़ा मुस्कुराने लगा। बहुत दिन बाद उसके यहाँ तीन व्यक्ति इतनी देर तक रुके थे। इतने दिनों तक वह यही सोचता रहा

था कि कोई उससे मिलने क्यों नहीं आता। उसे हँसी आई कि तीनों ही व्यक्ति नफ़रत और क्रोध में पगे हैं। नफ़रत और क्रोध। यही ताक़त है इनकी जो इन्हें ज़िंदा रख रही है। अगर इनकी नफ़रत चली जाए और इनका हृदय प्रेम से भर जाए तो क्या ये ज़िंदा रह पाएँगे? अचानक उसे ये लोग चाभी से चलने वाले खिलौने लगने लगे। उसे याद आया अपनी जवानी के दिनों में वो भी चाभी से चलनेवाला खिलौना ही था। नफ़रत की चाभी जितना घूमती उतना ही चल पाता। आगे चलने के लिए नफ़रत की चाभी देनी पड़ती थी। क्रोध इस इंजन के लिए ऊर्जा था। अगर इनकी चाभी हटा दें तो? उसे ये लोग बहुत छोटे लगने लगे। बैडमैन द गुड तो ख़ास तौर पर छोटा लगने लगा। बैडमैन द बैड को तो बूढ़ा पहले से ही तुच्छ समझता था। जुनैद पर दया आई उसे। ईंटों के लिए एक इंसान की जान लेने आया था। चाभी। बूढ़े ने एक बार फिर ख़ुद के बारे में सोचा। नफ़रत और क्रोध। मस्जिद गिरा के क्या मिला? नफ़रत और क्रोध। उसके जीवन की चाभी यही रही। एक आख़िरी बार बूढ़ा मुस्कुराया। चाभी।

बूढ़े ने चाकू उठाया। अपना गला रेत लिया। गों-गों की आवाज़ आई और बूढ़ा वहीं छटपटाने लगा। जुनैद झपटा और साथ ही बैडमैन द गुड और बैडमैन द बैड भी। लेकिन बूढ़े का ख़ून इतनी तेज़ी से बह रहा था कि कुछ ही देर में वहाँ दलदल-सा बन गया। सोचते-सोचते लाइब्रेरी की दीवारों के बीच ख़ून का तालाब बन गया। जब तक समझ आता ये लोग गले तक ख़ून में डूब चुके थे। बैडमैन द गुड ने हाँफते हुए कहा- "ऐसे तो हम यूँ ही मर जाएँगे।" और उसने जुनैद को पकड़ लिया।

बैडमैन द बैड ने कहा- "कुछ तो कर के ही मरेंगे।" और फिर उसने जुनैद को ख़ून में गोत दिया।

जुनैद बुरी तरह हाथ-पाँव मारने लगा। जिधर हाथ लगता, उधर गाढ़ा होता ख़ून। जिधर पैर लगता, उधर ख़ून की धार। उसकी नाक, आँख, कान, मुँह, गले और पेट तक ख़ून ही भर गया था। कुछ देर तक वह हाथ पैर चलाता रहा और फिर धीरे-धीरे शांत पड़ गया। यह पता नहीं चल रहा था कि उसके शरीर से ख़ून निकल रहा है या फिर उसके शरीर में ख़ून जा रहा है। चारों तरफ़ बहते ख़ून के बीच वह एक पर्दे की तरह निश्चेष्ट लटका

हुआ था।

अचानक जुनैद की आँख खुली। हाँफते हुए उसने चारों ओर देखा। वो ज़िंदा था। उसने पहले पूरी साँस ली। फिर देखा कहीं कोई ख़ून की नदी नहीं। कुछ नहीं। बूढ़े का कहीं कुछ अता-पता नहीं। बैडमैन द गुड और बैडमैन द बैड कहीं नज़र नहीं आए। वह उठकर गया लाइब्रेरी का दरवाज़ा खोलने। लाइब्रेरी में उसे कहीं दरवाज़ा ही नहीं मिला। वह बेचैन हो गया। उसने पर्दे हटाकर खिड़की खोलनी चाही। उसे कहीं कोई खिड़की भी नहीं मिली। हाथ से छू-छूकर वह लाइब्रेरी की दीवारों पर कुछ-कुछ खोजता रहा। उसे कहीं कुछ नहीं मिला। सब कुछ बंद था। एक किताब में कुछ लिखा था जो चमक रहा था।

इस किताब के सारे पात्र एवं घटनाएँ काफ़्का और मार्केज़ की कहानियाँ पढ़ते हुए सोचे गए हैं। इनका वास्तविकता से कोई संबंध नहीं है। किताब की सारी अच्छी बातें काफ़्का की वजह से हैं और सारी बुरी बातों के पीछे मार्केज़ हैं। मेरा कोई दोष नहीं है।

मरा हुआ श्रवण कुमार

चारों तरफ़ अँधेरा छा चुका था। उसने लाइट बंद कर ली थी। बग़ल के कमरे में माँ-बाप टीवी देख रहे थे। ऐसा लग रहा था जैसे माँ-बाप के बोलने की ही आवाज़ टीवी से आ रही हो। उसने खिड़की से बाहर देखा। दूर कहीं एक लाइट जलती हुई नज़र आई। ज़्यादा ध्यान देने पर वो लाइट भी कई रंग बदलती बुझती हुई-सी लगी। स्टूल पर खड़े होकर उसने सिर फंदे में दे दिया और गर्दन पर कसकर गिरह बाँध ली। फिर पैरों से झटका दे स्टूल को गिरा दिया। अब उसका पूरा शरीर हवा में लटक चुका था। गर्दन पर दबाव बढ़ने लगा। उसे एक पल को ख़याल आया कि अब जीवन का अंत हो रहा है। मन थोड़ा-सा उदास हुआ, फिर उसने सोचा कि होने दो अब। तभी रस्सी टूट गई और वो धम्म की आवाज़ के साथ ज़मीन पर आ गिरा।

बग़ल के कमरे से उसके माँ-बाप भागते हुए आए। आवाज़ ही इतनी ज़ोर की आई थी। पहले दोनों ने कमरे की बत्ती जलाई और सारा इंतज़ाम देखा। बाप बिना कुछ कहे स्टूल लगाकर फंदा उतारने लगा। माँ बेटे के पास बैठ गई और उसका सिर अपनी गोद में ले लिया। फिर अपनी जाँघ पर

हाथ टिकाकर अपने माथे पर ले गई और साँय-साँय कराहने की आवाज़ में बोलने लगी- "आस-पास वालों को पता चलेगा तो लोग क्या कहेंगे? छोटे मामा क्या कहेंगे कि इन लोगों के लिए मैंने इतनी मेहनत की, जिस लड़के के लिए मैं हमेशा चिंतित रहता था, उस लड़के ने क्या कर लिया। जल्दी-जल्दी समेटो सारा सामान, ये लड़का हमारी इज़्ज़त का नाश करने के लिए ही पैदा हुआ है।"

फिर माँ के सिसकने की आवाज़ आई। अविनाश के कान के ठीक ऊपर माँ का चेहरा था। सिसकने से पहले माँ के शरीर में जो क्रिया हो रही थी, उससे अविनाश को पता चल रहा था कि दो सेकेंड बाद हिचककर माँ फिर सिसकेगी। पहले माँ का पेट खिंच जाता, फिर नाक सुड़कने की आवाज़ आती। फिर हिचकने की आवाज़ें। वह लगातार अपने आँचल से अपनी आँखें पोछ रही थी। चूड़ियों की आवाज़ और कुहनी के बार-बार आँखों के पास टकराने से अविनाश की झुंझलाहट बढ़ती जा रही थी। कुछ देर बाद उसने उठकर कहा- "जाइए आप लोग अपने कमरे में। बहुत हो गया!"

बाप भड़क उठा- "इतनी देर से बर्दाश्त कर रहे हैं, थोड़ी तमीज़ सीख लो। ये ज़रूरी नहीं कि एक बदतमीज़ी बर्दाश्त कर लिए तो लगातार करते ही जाओगे। हम किसी के टुकड़े पर नहीं पल रहे, जो ये ताव दिखा रहे हो। किसी और को दिखाना ये ताव।"

अविनाश चुपचाप पड़ा रहा। कुछ देर में माँ-बाप दूसरे कमरे में चले गए। अब माँ-बाप भी टीवी बंद कर पड़े हुए थे। अविनाश ने सोचा- 'क्या वो सो रहे हैं या सोने का अभिनय कर रहे हैं। कहीं इस बात का अंदाज़ा तो नहीं लगा रहे कि मैं दुबारा फाँसी लगा रहा हूँ। साँस रोक के सुन रहे होंगे।' अविनाश ने सोचा मर गया होता तो अच्छा होता। फिर सोचा कि अगर मेरे से पहले यही लोग मर गए होते तो कितना अच्छा होता। जब उसने दसवीं की तभी ये लोग मर जाते तो कितना फ़्री होता जीवन। फिर ख़याल आया कि पैसे कहाँ से आते पढ़ाई-लिखाई के लिए। नहीं, पैसों का इंतज़ाम तो हो ही जाता है। वैसे भी, इन लोगों ने कौन-सा इंतज़ाम कर दिया! हमेशा रोते ही तो रहे। हर बात में यही कहते रहे घर की स्थिति समझो। लेकिन जब किसी की शादी-विवाह की बात आती तो ये क्यों कहते कि हम लोग बड़े आदमी हैं,

थोड़ा तो स्तर रखना ही पड़ेगा।

सोचते-सोचते उसे नींद आने लगी। चारों तरफ़ से ठंडी हवा आती मालूम पड़ रही थी। अँधेरा पूरी तरह छा चुका था। बिजली कट गई थी, जिससे कहीं कोई लाइट का बिंदु भी नज़र नहीं आ रहा था। अविनाश को ख़ूब सुकून महसूस हुआ। अगर ऐसे ही अँधेरा छाया रहता, ठंडी हवा आती रहती, ऐसे ही शांति रहती, किसी की आवाज़ नहीं आती तो जीवन कितना ख़ूबसूरत होता। उसने सोचा कि आज सोऊँगा नहीं, इस सुख का आनंद ही उठाऊँगा। पर तुरंत ही आँख झपक गई और जब नींद खुली तब तक तेज़ धूप हो गई थी।

अविनाश के एक डॉक्टर दोस्त ने बताया था कि जर्नल में मन की बातें लिखा करो, शांति मिलेगी। वो लिखने बैठता तो समझ नहीं आता कि क्या लिखे। उसके मन में माँ-बाप के लिए सिर्फ़ गंदी-गंदी गालियाँ ही आतीं। वो लिखना चाहता था कि ये मर जाएँ, ये जीवित क्यों हैं। इन लोगों ने मेरा जीवन नरक बना दिया है। फिर वो डिटेलिंग करना चाहता था कि जब मैं सुबह उठकर बिस्तर से डिप्स मार रहा था तो मेरी माँ आई और बोली- "ये क्या कर रहे हो बेटा?" उस आवाज़ में इतनी कड़वाहट और नापसंदगी थी कि मेरी सारी ऊर्जा ही चली गई। उस दिन के बाद मैं कभी डिप्स मारने के बारे में सोच भी नहीं पाया। लेकिन ये बातें ख़त्म ही नहीं होतीं। उसकी हर साँस, हर सेकेंड में नयी बातें थीं। उसे लगा लिखते-लिखते उसका जीवन ख़त्म हो जाएगा। और लिखने से हासिल क्या होगा? फिर ख़याल आया कि कहीं माँ-बाप ने पढ़ लिया तो? उसकी रूह काँप गई।

तभी उसे लगा कि उसकी खिड़की में से झाँकते हुए कोई माँ के कमरे में गया है। वो संजना आंटी थीं। कुछ देर में माँ और आंटी के हँसने की आवाज़ें आने लगीं। माँ कह रही थी- "सारा इंतज़ाम करना पड़ता है तब जा के पढ़ाई होती है। मैं तो अविनाश को बिस्तर से उठने नहीं देती। चाय तक बना के बिस्तर पर ही देती हूँ। कपड़े धोना, प्रेस करना, घर की सफ़ाई करना किसी काम में उसे नहीं लगाती।"

संजना आंटी बोलीं- "भाभी, आप कुछ ज़्यादा ही ख़याल रखती हैं। इतने बड़े लड़के के लिए इतना करना ठीक नहीं।"

माँ ने बात काटते हुए कहा- "अरे नहीं, बहुत मेहनत करता है। दिमाग़

लगता है तो इंसान थक जाता है।"

संजना आंटी ने हँसते हुए कहा- "ये बात तो है। मेरा अभिषेक तो कहीं दिमाग़ लगाता नहीं। उसे पढ़ने से बचने का बहाना चाहिए, बस। काम करते देख तुरंत आ जाता है कि माँ, हाथ बँटा देता हूँ। ऐसी-ऐसी बातें करता है कि हँसी आ जाती है। मैंने कहा भी कि मैं तेरी गर्लफ्रेंड थोड़ी हूँ जो मसके लगा रहा है।"

माँ की केयरफ्री आवाज़ आ रही थी। काफ़ी ख़ुश और काफ़ी चहकते हुए। बातों-बातों में संजना आंटी की बातें काट भी रही थीं। ये वो आवाज़ नहीं थी जो संजना आंटी के जाने के बाद निकलती। अविनाश ने कल्पना की। संजना आंटी के जाते ही माँ की आवाज़ में एक अजीब-सी कड़वाहट और बेचारगी भर जाएँगीं।

शाम को माँ अविनाश के कमरे में आई- "खाना खा के प्लेट किचन में भी नहीं रख सकते? कल दिन से ही पड़े हो यहाँ। मेरा भी मन आज़िज़ हो जा रहा है। मेरी भी तबीयत अब ठीक नहीं रहती है। मैं यहाँ सबके काम करने के लिए नहीं हूँ। आने दो पापा को, बताती हूँ मैं।"

अविनाश ने कल्पना की- पापा चाय पी रहे हैं। माँ साथ बैठी गिना रही है कि उसने ये नहीं किया, ये किया। मेरी इस बात पर बदतमीज़ी से बोला। अचानक पापा चाय का कप फेंक देंगे। ख़ूब चिल्लाएँगे और मुझे बुलाकर ख़ूब सुनाएँगे। मैं फिर क्रोध में कुछ बोल दूँगा। पापा जब मारने उठेंगे तो माँ रोक देगी कि पागल हो गए हैं क्या, ये क्या कर रहे हैं जवान बेटे के साथ। फिर माँ रोने लगेगी। सब चुप हो जाएँगे।

पता नहीं कब रात हो गई। चारों तरफ़ शांति फैली थी। बस किसी कीड़े की आवाज़ आ रही थी। झींगुर बोल रहे हैं या दीमक? अविनाश ने कान लगाकर सुनना चाहा। पर ध्यान देने पर उसे अपनी साँसों की ही आवाज़ें आ रही थीं। तभी खटका हुआ और माँ धीरे से कमरे में दाख़िल हुई। बिलकुल ठंडे स्वर में माँ ने कहा- "पापा बुला रहे हैं।" फिर जवाब का इंतज़ार किए बिना चली गई।

अविनाश पड़ा रहा। कुछ देर में बग़ल के कमरे से माँ-बाप की आवाज़ें आनी लगीं। ऐसा लग रहा था जैसे दो पुरानी मशीनें एक साथ चल रही हों।

अजीब-सी घर्र-घर्र की आवाज़ आ रही थी। अविनाश ने अंदाज़ा लगाया कि पापा अब बुरी तरह नाराज़ हो गए होंगे कि बुलाने के इतनी देर बाद भी नहीं आया। माँ कह रही होगी कि मैं ही नौकर नहीं हूँ सबके लिए कि बार-बार उसे बुलाने जाऊँ।

अविनाश धीरे-धीरे उठा और चल पड़ा। पापा पलंग पर लेटे हुए थे। माँ उनके पीछे बैठी हुई थीं। पलंग के पैताने एक कुर्सी पर अविनाश बैठ गया। पापा ने बोलना शुरू किया- "बेटा, मैंने भी ज़िंदगी बहुत देखी है। सुख-दुख हर चीज़ें झेलते आए हैं। हम सब समझते हैं। लेकिन बहुत-सी मजबूरियाँ होती हैं। इंसान कुछ कर नहीं पाता। ऐसे में दुनिया को समझ के चलना पड़ता है। ये दुनिया बहुत चालाक है। आग में कूदोगे तो केरोसिन दे देंगे। पानी में डूबोगे तो पैर में पत्थर बाँध देंगे। इस दुनिया से लड़ना पड़ता है। अपने लिए चालाकी से जगह बनानी पड़ती है।"

माँ के सिसकने की आवाज़ आने लगी। अविनाश भी रुँध गया था। गला, नाक, कान, आँख सब आँसुओं से भरे मालूम पड़ रहे थे।

पापा ने फिर बोला- "एक और बात बेटा। तुम्हारी उमर में मन-मस्तिष्क बहुत इधर-उधर जाता है। गंदे विचार आते हैं। सबको आते हैं। स्त्रियों को लेकर बहुत सारे विचार आते हैं। इन्हें रोकना चाहिए। वरना रात को यही विचार स्वप्नदोष का कारण बनते हैं जो तुम्हें हो रहा है। ऐसा नहीं है कि ये हमसे छुपा हुआ है। हम जानते हैं। पर इसको लेकर कोई परेशानी की बात नहीं है। तुम बस ख़ुद पर नियंत्रण रखो। विचारों को रोको। मन-मस्तिष्क अध्यात्म की तरफ़ लगाओ। योग करो। सुबह उठकर प्राणायाम करो। चार चक्कर लगा आओ स्टेडियम के। सुबह उठकर गीता पाठ करो। संस्कृत में दिक़्क़त है तो रामचरितमानस पढ़ लो।"

माँ ने अब टोका- "बे, आप भी क्या बात करते हैं। ये उमर है गीता और रामचरितमानस पढ़ने की?"

अँधेरा अब पहले की तरह गाढ़ा नहीं लग रहा था। ऐसा लग रहा था मानो अँधेरा तरल हो गया है जो छूते ही हवा में बदल जा रहा है। अविनाश अपने कमरे में लौट आया। सिर पर हाथ रखे बिस्तर पर पड़ा रहा। माँ ने भी तो बहुत कष्ट उठाए हैं। क्या ही ज़िंदगी रही है माँ-बाप की। पैसे के लिए

नाक रगड़ते रहे। कोई पढ़ाई-लिखाई नहीं। कोई आधुनिकता नहीं। लोगों से रगड़ते रहना, हर बात में बहस करते रहना-ये ही लाइफ़ स्टाइल था। कहाँ से सीख पाते कि ज़िंदगी में क्या करना है, क्या बनना है। यहाँ तो बस ज़िंदगी जी लेने की बात थी।

धीरे-धीरे उसकी आँख लग गई।

सुबह सोकर उठा तो माँ फ़ोन लिए आँगन से बुला रही थी। देखो किसका फ़ोन आया है। अविनाश उठकर आँगन में गया तो माँ-बाप दोनों तनाव में थे। माँ ने धीरे से फ़ोन पकड़ा दिया। अविनाश के हैलो बोलते ही उधर से टनटनाती आवाज़ गूँजी- "किसने फ़ोन उठाया था?"

माँ-बाप दोनों के चेहर सख़्त हो गए। अविनाश फ़ोन लेकर बाहर चला गया। नेहा थी, उसके दोस्त की बहन। अविनाश और नेहा को नहीं पता था कि उनके बीच क्या है, क्या नहीं है। बस बातें होती थीं। ख़ूब बातें। अविनाश फ़ोन पर बात ख़त्म कर वापस आया तो बाप की आवाज़ सुनाई दी- "जो भी हो, उससे कह दो कि ज़रा तमीज़ से बात किया करे। किसने, उसने करने से पहले सोच ले किससे बात कर रही है।"

माँ का चेहरा भी बिलकुल सख़्त हो रहा था। दोनों अजीब से दुख में थे। अविनाश को कुछ समझ नहीं आया। वह वापस अपने कमरे में चला गया।

दोपहर में माँ उसके कमरे में आई। ख़ूब ख़ुश थी। बोलने लगी- "पता है तुम्हें, वो क्या कह रही थी?"

अविनाश ने चौंककर पूछा- "कौन?"

माँ बैठते हुए बोली- "वही, तुम्हारी भाभी।"

अविनाश ने सिर फेरते हुए कहा- "मुझे नहीं जानना, क्या कह रही थीं।"

माँ ने बात शुरू कर दी- "नहीं जानना क्या, कौन-सा अपराध कर रही हूँ मैं! सामाजिक दुनिया की बात बता रही हूँ। कौन-सा चोरी कर रही हूँ और तुम बड़े नैतिकतावादी महात्मा बन रहे हो!" थोड़ा रुककर माँ ने फिर कहा- "अरे उसके घरवाले लालची हैं। दिन-रात बस माल के चक्कर में रहते हैं कि कहीं से कुछ पैसा मिल जाए। पता है, तुम्हारी भाभी कह रही थी कि इस बार गर्मी की छुट्टियों में आ नहीं पाऊँगी। वैसे भी यहाँ बहुत गर्मी पड़ रही है। मेरी स्किन पर फफोले उग आते हैं। मुझे हँसी आ गई। बड़ी मुश्किल से हँसी

कंट्रोल किया। अपने घर में दिन-रात झाड़ू-पोंछा मारती थी, सबको खाना बना के खिलाती और लात भी खाती थी, तब स्किन पर फफोले नहीं पड़ते थे! चार दिन से शहर में रहने लगी तो फफोले पड़ने लगे!"

अविनाश ने हाँ हूँ करके बात ख़त्म करने की कोशिश की। माँ उसके चेहरे की तरफ़ देखते हुए ज़ोर से हँसने लगी- "अरे, इन देहाती-गँवार लड़कियों का यही हिसाब-किताब रहता है।

माँ उसको देखकर हँसती ही रही तो वो भी थोड़ा मुस्कुरा पड़ा।

माँ उठी- "चलती हूँ, भात बना लूँ। दाल-सब्ज़ी तो है।"

कमरे से बाहर जाते-जाते माँ फिर वापस आ गई- "जब भी भाभी आए, थोड़ा सावधान रहा करो। ज़रूरी नहीं है कि ज़्यादा हँसी-मज़ाक़ करने से ही क़ाबिल बनोगे। आजकल इन रिश्तों में ज़्यादा भरोसा नहीं किया जा सकता। भाई-भाई के बीच दरार पैदा हो जाती है। अभी उत्तम नगर में ही एक भाई ने होली में अपने छोटे भाई को देख लिया भाभी को इधर-उधर रंग लगाते हुए, ख़ून-खराबा हो गया।"

अविनाश का मुँह एकदम कसैला हो गया- "मैंने क्या किया? मुझे क्यों बता रही हो ये सब?"

माँ ने अपनी आवाज़ कड़ी करते हुए कहा- "दुनिया के रीति-रिवाज बता रही हूँ। मैं ये सब बर्दाश्त नहीं करती। मैंने ज़िंदगी में कभी चोरी-बदमाशी नहीं की। मुझे ये सब पसंद भी नहीं है।"

अविनाश ने अबकी अपनी आवाज़ भी तेज़ की- "तो मैं क्या करूँ? मुझसे ये सब फ़ालतू बातें क्यों कर रही हो?"

माँ ने अपनी आवाज़ और तेज़ कर ली- "थोड़ा कम बदतमीज़ी करो। ज़्यादा ज़बान लड़ाने की ज़रूरत नहीं है। हर बात में बहस करना ज़रूरी है क्या? एकदम तुमने आदत ही बना ली है बहस करने की। बड़ा आदमी कुछ सिखा रहा है, तो सीख भी लो। दिन रात फ़ोन में ही घुसे रहते हो।"

अब अविनाश अपने फ़ोन में ही घुसा रहा। उसे पता नहीं था कि वह क्या खोज रहा है। स्क्रॉल करता रहा, करता रहा। करता रहा। कुछ देर माँ के बोलने की आवाज़ आई- "मेरी बातें सुननेवाला तो कोई नहीं है। पूरी ज़िंदगी दूसरों की सेवा करने में निकल गई। इनको बड़ी-बड़ी बातें आ रही हैं। ज़िंदगी

ऐसे नहीं कटती है।"

अविनाश और तेज़ी से स्क्रॉल करता रहा। कुछ देर के लिए उसने किताबें भी खोलीं। दो-चार लाइनें पढ़ीं। पेंसिल से मार्क किया। फिर डेली रूटीन बनाने लगा। सात से आठ पढ़ना है। आठ से सवा आठ रिक्रिएशन। थोड़ा घूम टहल लेना है। आठ से नौ फिर पढ़ना है। फिर उसने पेज के सबसे ऊपर मोटे-मोटे अक्षरों में जय श्री राम लिखा। उसके नीचे छोटे-छोटे सितारे बना दिए। फिर ऊपर भी बना दिए। अब उसे लगने लगा कि बाक़ी दोनों तरफ़ भी ना बनाए, तो उसका सेलेक्शन नहीं होगा। उसने 'जय श्री राम' के चारों ओर सितारे बना दिए। अब थोड़ा आत्मविश्वास बढ़ा कि चीज़ें अब कंट्रोल में हैं।

शाम को अविनाश जब घर लौट रहा था तो माँ का फ़ोन आया- "समोसे ले लेना। एक-दो लोग आए हुए हैं।"

अविनाश ने दो लोग, माँ-बाप और ख़ुद के हिसाब से दो-दो समोसे प्रत्येक जोड़कर दस समोसे और दो फ़ालतू ले लिए कि किसी के लिए घट न जाएँ। घर पहुँचा तो दो लोग बैठे हुए थे। माँ ने समोसे का थैला खोला और मुस्कुराते हुए सभी लोगों के लिए समोसे और चटनी परोस दिया। समोसा बड़ा टेस्टी होता है केशरी मिष्ठान भंडार का। एक मेहमान ने एक ही खाया, दूसरे ने आधा ही खाया। फिर वे चले गए।

माँ ने समोसे का थैला फिर खोला। और अपने माथे पर हाथ रख लिया। अविनाश ने पूछा- "क्या हुआ? कुछ ग़लत निकला क्या?"

माँ ने अपनी आँखें बंद किए हुए कहा- "इतने समोसे लाने की क्या ज़रूरत थी? केशरी मिष्ठान भंडार के यहाँ से लाने की क्या ज़रूरत थी? पंद्रह रुपए का एक समोसा देता है? ये पैसा कहाँ से आएगा?"

अविनाश ने बात काटते हुए कहा- "आप ही ने कहा था कि देख के सबके लिए समोसे ले लेना।"

माँ की आवाज़ में ज़हर घुल गया- "तुम्हें ख़ुद से दिमाग़ है कि नहीं? इतने समोसे ला के रख दिए और कोई खा भी नहीं रहा।"

अविनाश ने चिढ़ते हुए कहा- "तो क्या हो गया? बच गए तो बच गए। बाद में खा लेंगे। शाम को काम करनेवाली आएगी तो उसे दे देना। वो भी

नहीं खाए तो फेंक देना। क्या करूँ मैं इसका?"

माँ ग़ुस्से में थैला बंद करके बोलने लगी- "इतनी रईसी करने की हमारे घर की स्थिति नहीं है। तुम्हें घर की स्थिति से कोई मतलब ही नहीं है। न कोई चिंता, न कोई समझ। दूसरे घरों के लड़के क्या नहीं समझते अपने माँ-बाप की परेशानी? तुम्हें कोई मतलब नहीं है। इतना पैसा बर्बाद होगा तो कहाँ से आएगा। इतनी महँगाई है और तुम्हारे हाथ पर कोई कंट्रोल ही नहीं है। उस दिन भी जब बुआ के घर गए थे तो ऐसे ही समोसे और रसगुल्ले भर के ले गए। किसने कहा था कि पागलों की तरह बीस-बीस ले जाओ!"

अविनाश चिल्लाने लगा- "बीस-बीस कहाँ ले गया था! जितना कहा, उतना ही ले गया था। ख़ुद ही तो कहा कि ले आओ समोसे रसगुल्ले और अब कह रही हो कि ये कर दिया, वो कर दिया। इतनी चिंता है तो ख़ुद क्यों नहीं ले जाती!"

माँ ने समोसे का थैला ज़मीन पर पटक दिया- "मुझे पता है कि वहाँ इतने समोसे रसगुल्ले क्यों ले के गए। वो तुम्हारी बुआ की लड़की है। बहन से बहन की तरह ही रहा जाता है। मैं इन रिश्तों में अपनी माँ की नसीहत मानती हूँ। आग और फूस कभी एक साथ नहीं रह सकते। कुछ ज़्यादा ही प्यार उमड़ रहा है तुम्हारा।"

अविनाश का चेहरा लाल हो गया- "तुम पागल हो गई हो क्या! एक वही है जिससे मैं अपने मन की बात कर पाता हूँ। वही समझ पाती है। बाक़ी लोगों से मैं त्रस्त हो चुका हूँ। तुम लोग क्या बातें करते हो, तुम्हें पता भी है! मैं पागल हो जाऊँगा तुम लोगों के साथ।"

अविनाश कुछ देर रुकने के बाद ज़ोर से चिल्लाया- "हरामज़ादी हो तुम। तुम्हारी माँ तुमसे भी बड़ी हरामज़ादी। वो मर गई लेकिन मेरा जीना हराम कर गई। वो हरामज़ादी बताएगी कि मुझे ज़िंदगी में कैसे जीना है, क्या करना है!"

माँ अब दहाड़ें मारकर रोने लगी- "मेरे नसीब में यही लिखा था। सब सही कहते थे कि तुझे भोगना है, तू भोगेगी। सारे दुश्मनों का कहा अब सच हो रहा है। इंसान अपनी औलाद के हाथों ही हारता है। पापा आते हैं तब तुझे बताती हूँ मैं।"

अँधेरा हो चुका था। अविनाश अपने कमरे में चुपचाप पड़ा हुआ था। मोबाइल पर स्क्रॉल भी नहीं कर रहा था। बस स्क्रीन की लाइट जलाता और बंद करता। बाप के किसी फ़रमान का इंतज़ार कर रहा था। मन में तमाम जवाब बनाता, मिटाता और फिर बनाता। बग़ल के कमरे में माँ-बाप शांति से आपस में बातें कर रहे थे। उनकी बात इतनी धीमी थी कि लग रहा था एक-दूसरे से भी छुपा रहे हैं। तभी बग़ल के कमरे से आवाज़ आई- "धम्म!"

दोनों उठकर अविनाश के कमरे में आए। स्टूल फ़र्श पर गिरा पड़ा था। साड़ी पँखे से लटकी फटी पड़ी थी। अविनाश ज़मीन पर गिरा था। माँ एकदम से बिलख पड़ी- "रोज़-रोज़ ये क्या ड्रामा लगा रखा है? फाँसी ही लगानी है तो लगा ले। मेरी माँ की निशानी थी ये साड़ी, इसको फाड़ने की क्या ज़रूरत थी! हमीं लोग मिले हैं तुझे इमोशनल ब्लैकमेल करने के लिए? इस दुनिया में सबसे कमज़ोर हमीं मिले हैं तुझे ये सब करने के लिए? अगर घर की बेइज़्ज़ती ही करानी है तो चला जा बाहर नंगा। बुआ की लड़की के साथ भाग जा। जा मर तू। हमारे लिए आज से तू मरा ही हुआ है।"

अविनाश को आख़िरी लाइन सुनकर बड़ा संतोष हुआ। मरा ही हुआ है। सुनते ही उसका दिमाग़, हाथ-पैर एकदम शांत हो गए। ऐसा लगा, वह यही लाइन सुनना चाहता था।

पीरियड का पहला दिन

“यार, मैं इसके लिए तैयार नहीं थी। एकदम से पीरियड्स आ गए।” नीलेश्मा ने सुबह-सुबह पाँच बजे ही कुनमुनाते हुए कहा।

“अमूमन चार-पाँच दिन पहले आइडिया हो जाता है कि आ रहे हैं पीरियड। इस बार संसद सत्र की वजह से इतना उलझी रही कि ख़याल ही नहीं आया। मंत्रालय वाले हर प्रश्न का जवाब हमीं पर टाल देते हैं, एक हफ़्ते से दिमाग़ इसी में लगा था।”

“अगर याद रहता कि पीरियड्स आनेवाले हैं तो मेरी बॉडी अभी तक तैयार हो जाती।” हर बीतते मिनट के साथ नीलेश्मा की आवाज़ की तल्ख़ी बढ़ती जा रही थी।

कई बार ‘पीरियड’ सुनकर मुरलीधर की आँख तुरंत खुल गई और वो एकदम रोबोटिक मोड में नीलेश्मा का माथा सहलाने लगा- “मेरी बेट्टू, कोई बात नहीं। अभी गर्म पानी देता हूँ। चाय बना देता हूँ। बढ़िया-सा नाश्ता करके दवाई खा लो।”

नीलेश्मा उसकी छाती में घुस गई- “बिना बताए पीरियड्स हो जाते हैं तो

बहुत दर्द होता है। पेट में अजीब-सी मरोड़ उठ रही है आधे घंटे से। तुम्हारे उठने से पहले ही पैड लगा के आई। पहले तो चुपचाप पड़ी रही, पर इतनी मरोड़ उठी कि रहा नहीं गया।"

तीन वर्षों की शादी के बाद मुरलीधर को पहली बार पता लगा था कि 'बिना बताए' पीरियड्स आ जाने पर इतना दर्द होने लगता है। इसके पहले उसे ये पता चला था कि ज़्यादा स्ट्रेस की वजह से या तो पीरियड बहुत लेट आने लगते हैं या फिर हर दस-पंद्रह दिन में भी आते हैं। जब नीलेश्मा को हर दस-पंद्रह दिन में पीरियड आने लगे थे तो मुरलीधर बड़ा परेशान हुआ था। डर गया कि ये कौन-सी बीमारी हो गई है। इतना ख़ून! कैसे चलेगी ज़िंदगी?

साढ़े पाँच बज गए। मुरलीधर फ़ोन में घुसा हुआ था। एक हाथ से नीलेश्मा का माथा और पीठ सहलाते और दूसरे हाथ से ट्विटर पर स्क्रॉल करते हुए। अचानक नीलेश्मा चिहुँकी- "अरे यार, पेट क्यों दबा रहे हो? ऑलरेडी दर्द हो रहा है।"

आवाज़ की कड़वाहट से मुरलीधर को समस्या का अंदाज़ा हो गया। अभी तक उसे लग रहा था कि हमेशा की तरह दर्द आकर चला जाएगा। मुरलीधर ने देर नहीं की और फटाफट चाय बनाने चला गया।

"कौन-सा गाना चला दूँ?"

"कोई भी चला दो यार, कोई अच्छा-सा।"

मुरलीधर ने केतली में दूध डाल आँच कम की और स्पीकर लगाकर किशोर कुमार का गाना चला दिया। धीमी आवाज़ में। फिर खिड़की की तरफ़ देखने का अभिनय करते हुए बोला- "मौसम सही लग रहा है। प्रदूषण कम है। हवा साफ़ लग रही है।" फिर उसे एहसास हुआ कि अभी ज़्यादा लाइट आई नहीं है बाहर, इतना बोलना उचित नहीं है।

चाय उबल गई थी और मुरलीधर ने कप साफ़ कर लिए थे। आज इतवार का दिन था और मेड की छुट्टी थी। मुरली ने फटाफट दिमाग़ में प्लान बनाना शुरू किया कि आज क्या-क्या करना है। पिछले दो सप्ताह के कपड़े साफ़ करने हैं, सारी चड्ढियाँ और बनियान-मोज़े भी। फिर जूते साफ़ नहीं करूँगा, बस पोंछ-पाछकर रख दूँगा। वॉशिंग मशीन में कपड़े पड़े भी हुए हैं परसों के। इन्हें भी सुखाना है। नाश्ता और लंच भी बनाना होगा। आज दो आर्टिकल

भी कर के भेजने हैं। फ्रीलांसिंग का पैसा वीकेंड पर ही ज़्यादा मिलता है। दो आर्टिकल तो कमिट कर चुका हूँ।

"कहाँ खोए हुए हो? तब से चाय लेकर बैठे हो। न पी रहे हो, न पीने के लिए कह रहे हो। मैंने बस ये बता दिया कि पेट दर्द हो रहा है, तब से तुम्हारी हवाइयाँ उड़ गई हैं। पता नहीं तुम क्या सोचते रहते हो!" नीलेश्मा ने कप टरका दिया।

मुरली ने तुरंत कप नीलेश्मा के हाथ में पकड़ाया- "अरे मेरी जान, सोच रहा हूँ कि क्या नाश्ता बनाऊँ ताकि तुम वाह-वाह कर उठो।"

नीलेश्मा मुस्कराने लगी- "बातें तो ऐसी कर रहे हो जैसे सब कुछ बना ही दोगे। बनाओ ज़रा मटन। मुझे मटन खाना है।"

"क्या? मटन कौन खाता है सुबह सात बजे?"

"अपनी मम्मी की तरह मत बात करो। कौन खाता है, कौन करता है। मैं करती हूँ, मैं खाती हूँ। मुझे खाना है मटन। सुबह सात बजे।"

मुरली ने साँस ली, ख़ुद को संयत किया- "ठीक है, अभी बनाते हैं मटन। अभी के अभी जा के ले आता हूँ।"

मुरली कपड़े पहनने लगा। नीलेश्मा ने उसके शर्ट पहनने तक उसकी तरफ़ देखा भी नहीं। पैंट पहनते ही टोक दिया- "मटन रहने दो। दोपहर को बना लेना। अभी कुछ बढ़िया-सा नाश्ता बना दो।"

मुरली मुस्कुराने लगा- "मेरी जान, बिलकुल अभी कुछ बनाता हूँ। ऑमलेट?"

"ना जी ना। एक काम करो, दूध-कॉर्नफ़्लेक्स ही दे दो। कुछ देर बाद सूजी का हलवा बना देना।"

"किशोर कुमार के गाने और गरम-गरम दूध-कॉर्नफ़्लेक्स। मुझे लगता है कि ये नया पॉप कल्चर बनेगा।" मुरली मुस्कराते हुए बोला।

नीलेश्मा ने हाथ-पैर चढ़ाते हुए धीरे से अँगड़ाई ली- "पॉप कल्चर में वॉशिंग मशीन चलने की भी आवाज़ आएगी। इस पॉप कल्चर में मेरे हसबैंड के बेसुरे गाने की भी आवाज़ बैकग्राउंड में चलती रहेगी।"

जब तक मुरली सारे कपड़े साफ़ करके आया, नीलेश्मा सो चुकी थी। मुरली ने फ़र्श भी बुहार दिया। बर्तन धीरे-धीरे साफ़ कर दिए। सूजी का हलवा

बनाने लगा। वातावरण में शुद्ध देसी घी की सुगंध फैल गई। मुरली इयरफ़ोन लगाकर गाने सुनने लगा। कुछ देर बाद उसे लगा कि कोई बुला रहा है, पर उसने अनसुना कर दिया। तभी झटके से उसके कान से इयरफ़ोन हटा।

"तुम पागल हो गए हो क्या? इतनी देर से बुला रही हूँ। पेट दर्द करा दिया तुमने मेरा। सुन क्यों नहीं रहे हो?" नीलेश्मा पेट पकड़े खड़ी थी।

इस बार मुरली के दिमाग़ में फफककर आग लग गई। पर उसने तुरंत आग पर क़ाबू पाया। इयरफ़ोन हटाया, मोबाइल फ़ोन अपनी जगह पर रखा। फिर नीलेश्मा को गले लगाया और बिस्तर पर लिटा दिया।

"मेरी जान, अभी गर्म पानी की बोतल देता हूँ। उससे पहले ये हलवा खा लो। दवाई भी खा लो।" नीलेश्मा कड़वा-सा मुँह बनाकर बिस्तर पर पड़ गई।

हलवा वाक़ई बहुत अच्छा बना था। नीलेश्मा ने चम्मच उठाकर तीन बार माथे से लगाया जैसे कोर्निश बजा रही हो। फटाफट दवाई खाई और लेट गई।

"तुम भी मेरे पास लेट जाओ ना। लेटे-लेटे किताब पढ़ते रहना।" नीलेश्मा ने मुरली को अपनी ओर खींचा। मुरली ने तुरंत लैपटॉप बंद किया, किताबें एक तरफ़ कीं और नीलेश्मा को चिपटाकर लेट गया।

"अच्छा, एक बात पता है तुम्हें?" मुरली ने नीलेश्मा के बाल सहलाते हुए पूछा।

नीलेश्मा कुनमुनाई- "क्या?"

"सारे नेताओं के अफ़ेयर होते हैं। सारे नेताओं के।"

"अरे यार। तुम्हारी बातें। नेता बूढ़े होते हैं। कौन इनसे करेगा अफ़ेयर।"

"अरे, तुम दुनिया-समाज को आँख-कान खोलकर नहीं देख रही क्या? ये बूढ़े ही सबसे ज़्यादा अफ़ेयर करने में लगे रहते हैं। ह्यू हेफ़नर याद है?"

"प्लेब्वॉय वाला? पर वो तो प्लेब्वॉय का मालिक था, वो करता भी क्या!"

"भई, सारे प्लेब्बॉय के ही मालिक हैं अपने-अपने दिमाग़ में। तुम्हें इनके क़िस्सों का कुछ पता भी नहीं है, लगता है।"

नीलेश्मा ने अपना मुँह ऊपर किया- "पहले किस्सी करो। आँखों पर। हाँ, माथे पर। हाँ। नाक पर। हर जगह करो। हाँ, अब बताओ।"

मुरली गंभीरता से बताने लगा- "एक तो बैकवर्ड समाज के नेता थे।

उन पर और उनके बेटे पर एक ही साथ एक लड़की के साथ थ्रीसम करने के आरोप थे।"

नीलेश्मा ने आँखें चौड़ी कर लीं- "सच में?"

मुरली ने होंठ बिचकाते हुए कहा- "और क्या। देखो, नेताओं के लिए ये बड़ी बातें नहीं होती हैं। सत्ता और ताक़त। इसकी वजह से औरतों के पास आना लॉजिकल है। अपने तनाव को निकालने के लिए और क्या करेंगे। बूढ़े तो बीस साल की लड़कियों के साथ दोस्ती रखना ज़्यादा पसंद करते हैं। उनकी चाइल्डिश बातों से उन्हें मज़ा आते रहता है।"

नीलेश्मा हँसने लगी- "भाई, ये दुनिया ग़ज़ब है।"

"देखो यार। अगर किसी का अफ़ेयर हो गया तो चलो ठीक है। लेकिन कुछ लोग ज़बर्दस्ती अफ़ेयर भी करना चाहते हैं। ताक़त के दम पर। पीछा कराएँगे, तंग करेंगे। ये सब तो ग़लत है। या फिर झूठ बोलकर अफ़ेयर कर लेते हैं। कह देंगे कि शादी करनी है, फिर मुकर जाएँगे। बाद में जब लड़की ज़िद करती है तो मर्डर हो जाते हैं।"

"सारे पुरुषों के ही अफ़ेयर बता रहे हो। एक भी महिला नेता का अफ़ेयर नहीं बता रहे। रज़िया सुल्तान के बाद किसी का अफ़ेयर नहीं सुना। तथ्यात्मक रूप से। अफ़वाहें तो सबके बारे में मिल जाएँगी।" नीलेश्मा ने मुरली की पीठ सहलाते हुए कहा।

"अब तुम्हारा हसबैंड दुनिया की बेस्ट एग करी बनाएगा। अनियन फ्राइड राइस। और सुपर सैलेड।"

"हाहाहा। सबसे आसान काम चुना तुमने। जब भी मुसीबत हो- एग करी। अब बैचलर नहीं रहते हो।"

"एग करी नहीं। दुनिया की बेस्ट एग करी। इसके पहले चाय पिलाता हूँ।"

चाय पीते हुए नीलेश्मा ने मुरली की ठुड्डी पकड़कर हिला दी। थोड़ी-सी चाय मुरली के घुटने पर गिर गई। मुरली से ज़्यादा इश-इश नीलेश्मा करती रही। ज़्यादा जला नहीं था, त्वचा हल्की-सी सिंक गई थी। लेकिन मुरली ऐसे मुँह बनाकर बैठा था जैसे बहुत त्याग कर दिया हो। नीलेश्मा ने फिर ठुड्डी पकड़कर हिला दी।

खाना बनाते हुए मुरली और नीलेश्मा संविधान, आज़ादी की लड़ाई, आज़ादी के बाद की लड़ाई और घर-परिवार की लड़ाई- हर चीज़ पर डिस्कस करते रहे। फिर प्लेट में खाना निकाल मुरली दो गिलास में कोल्डड्रिंक भी लाया। बिस्तर पर एक चादर बिछा सारा खाना रखा और किसी शेफ़ की तरह एक्टिंग करने लगा- "मैम, आपके लिए सब कुछ हाज़िर है।"

"सब कुछ?"

"हाँ जी, सब कुछ।"

शायद करी उतनी अच्छी नहीं बनी थी। नीलेश्मा के चेहरे से लग रहा था कि वो संतुष्ट नहीं है। मुरली ने तुरंत पूछ लिया- "क्या हुआ, अच्छी नहीं बनी है क्या?"

"बढ़िया बनी है। बढ़िया है। लेकिन मेड की तरह प्याज़ को ग्राइंड कर लेते तो ज़्यादा अच्छा होता।"

"ये तो मेरा कुकिंग स्टाइल है ना। अब किसी को कॉपी नहीं कर सकता जब प्रॉमिस कर दिया कि दुनिया की बेस्ट करी बन रही है तो।"

प्लेट वग़ैरह सब हटाने के बाद मुरली अब आर्टिकल लिखने बैठा। लैपटॉप खोला और ज़रूरी सूचनाएँ इकट्ठा करने लगा। नीलेश्मा बग़ल में लेट गई और कुछ-कुछ कहती रही। अचानक नीलेश्मा ने पेट पकड़ लिया- "यार, तुमने कोल्डड्रिंक क्यों पिला दी? ठंडी चीज़ों से परहेज़ करते हैं। एकदम से दर्द करने लगा।"

मुरली के होश उड़ गए- "अरे यार, मैंने तो सोचा कि खाने के साथ तुम्हें अच्छा लगेगा। अच्छा आओ इधर।"

नीलेश्मा ने मुरली का हाथ पकड़ते हुए खींचा- "दवा दे दो और बग़ल में आकर लेटो।"

मुरली धीरे-धीरे नीलेश्मा की पीठ सहलाता रहा। उसके बाल सहलाता रहा। अब एसी की ठंडक महसूस होने लगी थी। दोनों ने चादर ओढ़ ली। मायके और ससुराल की बात करते हुए कब दोनों की आँख लग गई, पता ही नहीं चला। मुरली की जब आँख खुली तो शाम के छह बज चुके थे। उसने उठकर फटाफट चाय बनाना शुरू कर दिया। खटर-पटर से नीलेश्मा की भी आँख खुली- "मसाला चाय बनाना।"

चाय पीते हुए नीलेश्मा ने चिंतित होकर पूछा- "आर्टिकल लिखा क्या? या स्क्रॉल ही करते रहोगे फ़ोन पर?"

मुरली ने कहा- "अभी तो नहीं लिख पाया। लिखता हूँ रात में। स्क्रॉल तो क्या ही करूँगा सोशल मीडिया पर। अब ये सब चीज़ें दिमाग़ को डिस्टर्ब करने लगी हैं। कब टाइम निकल जाता है स्क्रॉलिंग में, पता ही नहीं चलता।"

नीलेश्मा ने हामी भरी- "पर हमीं नहीं, सारे सेलिब्रिटी और सारे इंटेलेक्चुअल, नेता सबकी प्रोफ़ाइल देखो तो सारे सोशल मीडिया पर दिन रात लगे हुए हैं। कई सारे तो रोज़ ही लड़ते रहते हैं। पता नहीं कैसे इतना टाइम मिल जाता है। ये भी कह देते हैं कि मैंने तो दिन-रात मेहनत की है। मैं तो सोता ही नहीं हूँ।"

"हाँ। और ये भी नहीं है कि हर व्यक्ति अपनी टीम रखेगा। ज़्यादातर के तो पर्सनल ट्वीट या पोस्ट दिखते हैं। इंस्टाग्राम पर तो पर्सनल ही रहते होंगे। कौन इसके लिए टीम हायर करेगा। टीम हायर करने पर भी कॉन्टेन्ट तो ख़ुद ही मॉनीटर करेंगे ना। ग़ज़ब हाल हो रखा है दुनिया का।"

फिर मुरली यूट्यूब पर नीलेश्मा को पुराने एक्टर्स के डांस वीडियोज़ दिखाने लगा। शम्मी कपूर, राजेंद्र कुमार, दिलीप कुमार, अशोक कुमार सबके वीडियो। कभी दोनों म्यूट कर देखते, कभी गाने के साथ देखते। किशोर कुमार की लफंदरई की एक्टिंग पर दोनों हँस पड़े। नीलेश्मा को यक़ीन ही नहीं हुआ कि इतने अच्छे सिंगर को ऐसे रोल करने पड़ते थे। फिर जब नीलेश्मा को पता चला कि अशोक कुमार ही पहले सुपरस्टार थे बॉलीवुड के और मंटो ने अशोक के 'लड़कियों में पॉपुलर होने और कई अफ़ेयर होने' की बात लिखी है तो हँसते-हँसते दोनों के पेट में बल पड़ गए। फिर गाने देखते-देखते नीलेश्मा ने दिव्या भारती के बारे में ख़ूब सर्च किया और मुरली को बताने लगी। दोनों ने ही ख़ूब आहें भरीं कि दिव्या भारती ज़िंदा होती तो सबसे बड़ी सुपरस्टार होती। नब्बे के दशक की सारी बड़ी फ़िल्में दिव्या ने साइन कर ली थीं। हम आपके हैं कौन, दिलवाले दुल्हनिया ले जाएँगे, आंदोलन और पता नहीं क्या-क्या। लाडला तो आधी से ज़्यादा शूट भी कर ली थी। नीलेश्मा ने एक्सपर्ट कमेंट भी दिया- "दिव्या के चेहरे का बेबी फ़ैट गया नहीं था, अभी तो एकदम ही बच्ची थी। पर शरीर देखकर समझ नहीं आता कि सत्रह-अठारह

की उम्र में बड़ी औरतों की तरह कैसे हो गया।"

कुछ देर बाद नीलेश्मा ने मुरली से चिपटते हुए कहा- "रात को खाना बाहर से मँगवा लो। पैसे बचाने के चक्कर में ज़्यादा काम मत करो। खाना मँगवा लो और बैठ के कुछ लिख लो। मैं ऐसे ही बात करते-करते सो जाऊँगी। बस ऐसे पकड़े रहो। पहला दिन है। पहला दिन भारी ही होता है।"

रात को जब मुरली लैपटॉप पर लगातार घूर रहा था और समझ नहीं पा रहा था कि क्या लिखे तब नीलेश्मा नींद में ही धीरे से कुनमुनाई- "तुम दुनिया के सबसे बेस्ट हसबैंड हो।"

फिर धीरे से नीलेश्मा ने मुरली के हाथों पर अपने होंठ सटा दिए। बोली- "तुम एक बढ़िया ड्राफ़्ट लिख के दे दो, मैं संसद से कानून पास कराती हूँ कि पीरियड में लड़की को तो छुट्टी मिले ही, लड़की के पति को भी मिले। आख़िर पीरियड लड़कियों को समझने का संविधान ही तो है।"

मुरली मुस्करा पड़ा और नीलेश्मा के माथे पर एक चुम्मी दे थपकियाँ देने लगा।

क्रिक पांडा पों पों पों

मिथुन कुमार मिठास, सहायक शोषण अधिकारी, मिनिस्ट्री ऑफ़ चिलमगोंजई एंड लड़चटई। किसी को नहीं पता था कि गजानन पांडे उर्फ़ मौरिस उडुम्बे वल्द विलायती पांडे उर्फ़ बाछी पांडे का बेटा भुअरा उर्फ़ छिनरी पांडे उर्फ़ मार्क वॉ उर्फ़ विजइया का दमाद उर्फ़ विजइया बो का भतार दस साल से दिल्ली में कौन से मंत्रालय में काम कर रहा है। किसी ने अफ़वाह उड़ा दी थी कि मंत्रालय में इसका नाम मिथुन कुमार मिठास है। पर स्कूल में तो इसका नाम भुअरा पांडे था। ये तो कविता भी नहीं लिखता फिर मिठास कैसे हो गया इसका सरनाम?

विलायती पांडे एकदम गोरे थे। गजानन पांडे एकदम काले। भुअरा एकदम गोरा। बुढ़िया पंडिताइन बरसों पहले शिवाले के तालाब में डूबकर मरी थीं और वर्तमान में पीपल पर रोज़ रात के रात उलटा लटकी पाई जाती थीं। नौकी पंडिताइन रोज़ भिनसारे छत पर सूरज भगवान को अर्घ्य देतीं। फिर शाम तक उनका कुछ पता नहीं चलता। सात बजते ही उनके सिर पर माता आतीं और फिर पूरा मुहल्ला उनसे अपनी समस्याएँ कहता। गजानन

की सुहागरात के दिन विलायती पांडे के दुआर पर बाछी धरनी पर दोनों पैर बँधे खड़ी पाई गई थी। विलायती पांडे धोती उठाए पता नहीं कौन-सा मंतर पढ़ रहे थे। तब से इनका नाम बाछी पांडे पड़ा और 'धोती उठा के' नया मुहावरा निकला गाँव में। भुअरा इतना गोरा क्यों है, ये कहने की ज़रूरत नहीं थी। गजानन पांडे पोस्टमास्टर हुआ करते थे। घर से बाहर ही रहते थे। उनकी जर-जोरू-ज़मीन की अगोराई का ज़िम्मा विलायती पांडे को ही था।

गजानन ने रिटायरमेंट से पहले कई बार सुसाइड अटेम्प्ट लिया था ताकि भुअरा को अनुकंपा पर नौकरी मिल जाए। पर हर बार विलायती ने ही बचा लिया था। पर विलायती की बहादुरी लोगों ने देखी थी। तालाब से बेटे को छान लाया, लटकती फाँसी से उतार लाया, छाती दबा-दबाकर ज़हर निकाल दिया। उस वक़्त गाँव में किसी ने अँग्रेज़ी फ़िल्म देखी थी। एक पांडा की कहानी थी जिसमें पांडा की बहादुरी देखकर कुछ ऐसा डायलॉग था- 'ग्रेट पांडा पो।' यही गाँववालों के मुखारबिंद से होते हुए विलायती पांडे पर फिट कर दिया गया था- 'क्रिक पांडा पों पों पों।' सारा ज़माना उनको इसी नाम से जानता था और वो सारे ज़माने को अपने उसपे रखते थे। किसी के मुँह से ये नाम सुनते ही ढेला चला देते थे। हालाँकि जान बचा लेने की वजह से विलायती और भुअरा में उन दिनों बिलकुल भी नहीं बनती थी।

सेन्हरी पासवान के साथ तालाब में तैरता, कॉस्को की बॉल पर क्रिकेट खेलता और आम के बगीचे में अमझोर बनाता भुअरा अचानक एक दिन बुआ के घर गया और लौटा दो साल बाद। थोड़ा सीरियस हो गया था, विलायती की इज़्ज़त भी करने लगा था। फिर लौटा चार साल बाद। पूरे रोब में आया था। कहा कि काम मिल गया है पर ये नहीं बताया कि सरकारी नौकरी है। पाँच साल हो गए उसे नौकरी करते। पर हर तीज-त्यौहार में आता और सेन्हरी के साथ ही पूरा वक़्त बिताता। सेन्हरी को इसी बात का दुख लगा था कि उसे भी नहीं बताया। मतलब पाँच साल हो गए लेकिन बताया नहीं कि सरकारी नौकरी करता है। ये बात पता नहीं कैसे-कैसे होते हुए सेन्हरी तक पहुँची है। सेन्हरी की बहिन का बियाह बनारस हुआ। बहिन की ननद का बियाह कानपुर हुआ। ननद की देवरानी का भाई दिल्ली में नौकरी करता है। उसी ने कहा कि बनारस की तरफ़ तुम लोगों के बिहार का एक आदमी है

मंत्रालय में। वहीं से पता चला कि ये तो मिथुन कुमार मिठास हैं। तभी सेन्हरी ने कहना शुरू किया मेरे मित्र हैं मंत्रालय में, मिथुन कुमार मिठास, सहायक शोषण अधिकारी, मिनिस्ट्री ऑफ़ चिलमगोंजई एंड लड़चटई।

छठू दिलावर बचपन से ही सेन्हरी को भुअरा का चमचा कहकर संबोधित करता था। कहता कि बाभन की दोस्ती ले डूबेगी। पर सेन्हरी ख़ुद को बइर का काँटा कहता। इधर से नहीं तो उधर से अँझुरा जाऊँगा। जब मैं छोडूँगा तभी दोस्ती छूटेगी। पर अब उसे लग रहा था कि ख़ुद तो बइर ही रह गया, ये जवान तो अमरबेल निकला जिसका कुछ थाह-पता ही नहीं है। ए सेन्हर पासवान, तुम तो बोका निकला रे।

जबकि सेन्हर ने कभी गजानन पांडे को मौरिस उड़ुम्बे नहीं कहा था। रंग काला है तो क्या हुआ, है। बहुत लोगों का होता है। बहुत चीज़ों का होता है। हर करिया चीज़ का नामे बदल देंगे क्या? विलायती पांडे को भी कभी बाछी पांडे नहीं कहा था। हमेशा बाबा ही कहता। सेन्हर का मानना था कि उस वक़्त इंसान को कुछ समझ नहीं आता। समाज की ज़ोर-जबरी है नहीं तो विलायती बाबा शादी भी कर सकते थे। उनकी उमर की कितनी पंडिताइन मिल जाएँगी गाँव-गाँव में। सिर मुंडवाकर बैठी रहती हैं। सेन्हर ने कभी भुअरा नहीं कहा था। गोरा है तो क्या हुआ, बहुत लोग गोरे होते हैं। हर गोरी चीज़ का नामे बदल देंगे क्या? गाँव की दस लड़कियों को एक ही रात ख़ून से प्रेम पत्र लिखने के बाद जब पूरा गाँव छिनरी पांडे कहने लगा था तब भी सेन्हर ने नहीं कहा था। सेन्हर ने कभी भी ये नहीं पूछा था कि तुम्हारा विजइया बो से संबंध है या उसकी बेटी से। बस विजइया को हीत कहता। जो भी संबंध हो। हालाँकि आधे गाँव वाले उसे विजइया का दामाद कहते, आधे विजइया बो का भतार। सेन्हर ने हमेशा उसे मार्क वॉ यानी मारकौआ कहा था। बचपन से ही साथ क्रिकेट खेले थे। एकदम ऑस्ट्रेलियन लगता। सेन्हर कभी-कभी सोचता कि वो भी गोरा होता तो दोनों भाई स्टीवाघ-मारकौआ की तरह फ़ेमस होते।

लेकिन ये तो मिथुन कुमार मिठास निकला। सहायक शोषण अधिकारी, मिनिस्ट्री ऑफ़ चिलमगोंजई एंड लड़चटई। सेन्हर ने दसवीं के बाद पढ़ाई छोड़ दी थी। पिताजी आर्मी से रिटायर हुए तो बढ़िया दोतल्ला घर बनवा दिए थे। छह बीघा ज़मीन थी, दरवाज़े पर चार पशु थे। पिताजी की नज़र में

पाँच पशु थे, सेन्हर को लेकर। खाने-पीने की कमी नहीं थी। पाँच साल की नौकरी में सिर के बाल उड़े हुए लेकिन जब यार-दोस्त गाँव आते तो सेन्हर से दुखड़ा रोते। कहते कि भाई, तुम्हारा ही ठीक है। बढ़िया लाइफ़ है। सेन्हर को आश्चर्य होता कि किसी ने बाँध के रखा है क्या तुमको। जब मन तब आ जाओ गाँव। तुम्हारे पिता ही पक्के दोमंज़िला में रहते थे। तुमको किस बात का दिक़्क़त है। खेत है ही, पशु है ही। आराम से खटिया डाल के सोना। पिताजी थोड़ा कुनमुनाएँगे कि इलाहाबाद भेजे पढ़ने, एतना पैसा ख़र्च किए फिर भी घर पर ही बैठे हो। कितने दिन कुनमुनाएँगे? कंठी-माला ले के बैठ जाना। सुंदरकांड पढ़ लेना। कुछ नहीं बोलेंगे। हनुमान चालीसा पढ़ने से तो बढ़िया बढ़िया भूत भाग जाते हैं।

सच्चाई ये थी कि सेन्हर का भी गाँव में मन नहीं लगता था। होली-दीवाली में यार-दोस्त आने के बाद ही गाँव गुलज़ार होता था। ऐसे वीराने में रेडियो कितना बजाओगे! वैसे भी मोबाइल के ज़माने में रेडियो बजाना मूर्ख का काम लगता था। कितना तैरोगे अकेले, कितना अमझोर बनाओगे अकेले! एक दिन में ही सेन्हर का मन भर जाता था। कभी मन करता कि वो भी दिल्ली चला जाए। एक-दो बार घूमने गया था पर दो-चार दिन में ही लौट आया। मन लगाने जैसा कुछ था नहीं। सुंदर-सुंदर चीज़ें थीं, पर हर चीज़ बाँधने दौड़ती थी। लगता था कि नियमों में जी रहे हैं। इसी वजह से उसे नौकरी की भी तलब नहीं थी।

पर मिथुन कुमार मिठास ने सब गुड़ गोबर कर दिया। ऐसा लगा जैसे सेन्हर अपने पास्ट से कट गया हो। सारी यादें तेल लगे काग़ज़ की तरह नज़र आ रही थीं, जिन्हें पहली नज़र में ही फेंक देने का मन करता, बिना छुए। सेन्हर को लगा शहर ही अच्छा है। झूठ बोलकर, तिकड़म कर पंद्रह साल काटे जा सकते हैं, आगे का भी काटा जा सकता है। क्या फ़र्क़ रहा गाँव और शहर में? यही कहते थे ना कि गाँव में अभी भी रिश्ते बचे हैं। थोड़ी ईमानदारी है रिश्तों में। यारी-दोस्ती में। पर अब क्या कहें?

शाम को छठू दिलावर आया मिलने। छठू हमेशा दिलावर नहीं था। वो छठू राय हुआ करता था। एक वक़्त था कि राजा-राजा खेलते हुए इसने वो कांड कर दिया था, वो किया था कि युगों-युगों तक याद रखा गया। हरेठा

और पपीते के डंठल से बनी तलवारों से गाँव के लड़कों में भयानक युद्ध हो रहा था। कोई राजा ज़मीन छोड़ने को तैयार नहीं था। हालाँकि ये नहीं पता कि किसकी ज़मीन कहाँ है। कभी-कभी ये हो जाता था कि जिस ज़मीन के लिए लड़ रहे होते थे वो किसी का खलिहान हो जाता। जो क़िले पुआल के ढेर पर बनाए गए होते, खलिहान का मालिक दौड़ाकर ख़ाली करा लेता। तो उस दिन सेन्हर और भुअर की सेना को छठू की सेना ने अचानक घेर लिया। गली में दोनों तरफ़ से छठू की सेनाएँ खड़ी थीं। छठू का घर गली में ही था। गुरिल्ला युद्ध के जानकार की तरह छठू अपने घर का दरवाज़ा खोलकर प्रकट हुआ और अपनी सेनाओं का हौसला बढ़ाते हुए ज़ोर से चिल्लाया- "आक्रमण!" लेकिन सेना का एक प्यादा भी हिला नहीं। अचानक दोनों पक्षों की सेनाओं ने हथियार डाल दिए और तमाशा देखने लगे। आक्रमण चिल्लाते ही छठू की हाफ़ पैंट से पीला-पीला द्रव्य निकलने लगा था। छठू का अपने पेट पर कंट्रोल थोड़ा कम रहता था। उस दिन से छठू को आक्रमण कहा जाने लगा। वो जहाँ भी जाता, लड़के आक्रमण चिल्लाते थे।

बरसों बाद एक रात जब छठू शहर से बाइक पर तार का बंडल बाँधकर ला रहा था तो रास्ते में पुलिसवालों ने हाथ दिया। रात को पुलिसवालों के सामने नहीं रुकना चाहिए। कोई नहीं जानता कब गुंडा एक्ट लगाकर ठोंक दें। छठू ने गाड़ी धीमे करने का नाटक किया और पास आते ही फुर्र हो गया। फ़ोन पर बाप को बोल दिया कि दरवाज़ा खुला रखना। छठू का घर से नीचे सड़क के रास्ते पर ढलान थी। पुलिस ने भी गाड़ी स्टार्ट की और पीछा करना शुरू कर दिया। गाँव तक पहुँच भी गए। पर अंदर आकर खोज नहीं पाए कि लड़का किधर गया। गली-गली में घूमते-घुमाते छठू ने बाइक घर में घुसा दी। कुछ पता नहीं चला पुलिस को। टोहते रहे रात भर। बाद में किसी ने कह दिया कि एक लड़का शेरपुर की तरफ़ भागा था बाइक से, तो पुलिसवाले उधर चले गए। उस दिन से छठू आक्रमण का नाम छठू दिलावर पड़ गया। छठू को भी सेन्हरी की तरह नौकरी में कोई इंटरेस्ट नहीं था। खेतिहर परिवार था, कोई समस्या नहीं थी खाने-पीने की। चार कटरा था मार्केट में, आराम से काम चलता था।

छठू दिलावर ने ही सेन्हर को बताया कि मिठास टाइटल तो बहुजन

समाज के लोग लगाते हैं। कई गायकों को देखा है। मेरी मौसी के गाँव का एक लड़का भी लगाता है। ये भुअर पांडे को क्या हो गया? बाभन मिठास नहीं लगा सकता। निर्मल, मृदुल, उन्मत, भावुक, व्यभिचारी, सदाशिव ऐसे टाइटल तो लगा लेते हैं। कुछ तो संस्कृत का प्रभाव रहेगा ही। मिठास क्यों? छठू दिलावर ने ये भी कहा कि बचपन से वो सेन्हरी का सबसे अच्छा दोस्त रहा है, पर सेन्हरी ने हमेशा भुअर पांडे को ही अपना खास दोस्त माना है। कमाल की बात ये ही है कि बचपन के एकमात्र साथी सेन्हरी को भुअर ने अपना नाम और काम तक नहीं बताया। भुअर अभी भी छठू दिलावर से दोस्ती करना चाहे तो छठू ना ही करेगा।

***

खैर, होली आई। भुअर पांडे का गाँव में आगमन हुआ। बाल-बच्चे-परिवार शहर में ही छोड़कर आए थे। बच्चों की परीक्षा थी और भाभीजी ख़ुद ही स्कूल में पढ़ाती थीं। हालाँकि ये कहानी हर साल की थी। भाभीजी से तो सेन्हर और छठू कभी मिले भी नहीं थे। बस घर आते और घर से दिल्ली जाते देखा था। पर भुअर अबकी गाँव में निकला नहीं। घर में ही बैठा था।

गाँव में इस बात की चर्चा हो गई कि भुअरा और सेन्हरी में कुछ मनमुटाव हुआ है। आह-पता नहीं चल रहा। वहीं छठू दिलावर रोज़ ही सेन्हरी के घर जाता पर मुँह वो भी नहीं खोल रहा था। इस छठू भूमिहार से गाँववालों को कोई उम्मीद नहीं थी। हालाँकि साँप और भूमिहार मिले तो पहले भूमिहार से बचो वाली कहावत पुरानी हो गई थी, लेकिन फिर भी टेंशन के दिनों में लोगों को पुरनियों की बातें सही जान पड़ती थीं।

सेन्हरी और छठू दिलावर रोज़ शाम को जान-बूझकर भुअर पांडे के घर के सामने से निकलते। उसके दालान में लगे नीम के पेड़ से दातून भी तोड़ते। विलायती पांडे के साथ हँसी-ठिठोली भी करते। जाते ही विलायती एक हरे रंग की शीशी पकड़ा देते कि ज़रा आँख में डाल देना। फिर आँखें बंदकर पानी गिराते कहते कि बुझा रहा है कि भुअरा फुआ के घर निकल गया है। कह रहा था कि सेन्हरी से मुलाक़ात नहीं हुई। फिर गर्दन थोड़ी ऊँची कर आँखें बंद किए हुए ही कहते कि पहलवान छठू दिलावर, तुम तो ऐ दोनों को दोस्ती के

लिए तरसता रह गया। बुढ़ारी में याराना लग रहा है तुम्हारा। कोई बात नहीं, ज़िंदगी में ऐ सब होता है।

होली में दो दिन रह गए थे। भुअरा पांडे कहीं नहीं दिखा। अलबत्ता विलायती पांडे ने सेन्हरी और छटू दोनों को टोक दिया कि क्या बात है, बेर-बेर इधर से ही गुज़र रहे हो। ताड़ी-शराब का प्लान नहीं है न रे? कुछ मड़ई में छुपा के रख तो नहीं रहा है? इतना कहकर दोनों से अपनी गोरू के लिए सानी भी गोतवा दिए। दोनों ही जवान ना बाबा, ना बाबा कहते रहे और काम कर जल्दी रफा-दफा हुए वहाँ से।

शाम को झुंझलका हो रहा था। पशु-पक्षी अपने कुनबों में लौट चुके थे। ठंडी-ठंडी हवा चल रही थी। सेन्हरी आम के बग़ीचे में बाँस के बेंच पर बैठा हुआ था। दोपहर से लेकर अब तक वहीं था। तभी आहट-सी हुई। सेन्हरी ने ध्यान नहीं दिया। खचर-खचर चलने की आवाज़ आई। सेन्हरी ने ज़ोर से बोला- "किसका बहन... यहाँ आया है? चोर-चिकार हो तो घेर के मारे जाओगे। क़ायदे से निकल लो। हम नहीं बोल रहे कुछ। पर इस गाँव में नहीं। जाओ, निकलो तुरंत।"

कुछ देर तक शांति रही। सेन्हरी से अब रहा नहीं गया। पास में रखा तेल पिलाया हुआ लट्ठ लेकर खोजने लगा।

"सार कहीं के, खाना चाहिए तो खाना माँगो, कपड़ा चाहिए तो कपड़ा। दवा-दारू चाहिए तो सान्निध्य मेडिकल स्टोर जाओ, सामने वाली खिड़की से दवा, पिछली खिड़की से दारू देता है। चोरी नहीं चलेगी गाँव में।"

तभी किसी ने पीछे से उसके कंधे पर हाथ रखा, दो उँगलियाँ कानों से टकरा गईं। नर्म, मुलायम छुअन। जैसे बर्फ़ से निकलती भाप। सेन्हरी की आत्मा काँप गई। 'तो क्या आज तक मैं साइंस की बात मान के भूत-प्रेत-चुड़ैल पर बेवजह अविश्वास करता रहा?' उससे पीछे मुड़ा नहीं गया।

आवाज़ आई- "मुझे भुअर सर ने सब बता दिया है। डरने की कोई बात नहीं। तुम ख़ुद भी ये कह सकते थे। एक साल लग गया ये जानने में।"

सेन्हरी को आवाज़ जानी-पहचानी लगी। वह पीछे मुड़ा। उसका अनुमान सही थी। विजइया की बेटी रिमझिम थी। सेन्हरी को बहुत पसंद थी। बहुत लंबे समय से पसंद करता था, पर कभी बोल नहीं पाया। भुअर पांडे को ही बताया

था एक बार, बस। मार्क वॉ अपने अंदाज़ में मुसकुरा कर रह गया। रिमझिम ने बोलना जारी रखा- "अरे, आज के ज़माने में कौन डरता है! पसंद तो तुम भी थे ही मुझे। मैंने भुअर सर से कहा था इस बारे में। उन्होंने भी तुम्हारा थाह-पता लेने में काफ़ी टाइम लगा दिया।"

सेन्हरी को सारी बातों में एक ही प्रश्न सूझा- "ये भुअर सर कौन है? सर मतलब क्या?"

रिमझिम ने आग्नेय नेत्रों से देखा- "सर मतलब नहीं जानते? दसवाँ पास किए हो ना? सर मतलब मास्टर जो हमको पढ़ाता है। भुअर सर शुरू से हमको पढ़ा रहे थे। जब हमको लिखना भी नहीं आता था। वो जितना कोशिस किए हैं उतना तो हमारे पिताजी श्री विजयप्रसाद तिवारी ने भी नहीं किया है। भुअर सर की बदौलत ही मैं अँग्रेज़ी भी पढ़ सकती हूँ।"

सेन्हरी ने पता नहीं कब रिमझिम का हाथ अपने हाथों में ले लिया था। कहना बहुत कुछ चाहता था, कह कुछ और ही रहा था। क्योंकि ज़ुबान पर वो बात आ रही थी, जो कभी नहीं आई थी। कुछ कहने से पहले वो कुछ कंफ़र्म कर लेना चाहता था। पहली बार उसके मुँह से मार्क वॉ के लिए भुअरा शब्द निकला। बोला- "भुअरा को तो कुछ लोग विजइया का दामाद कहते हैं?"

बहुत हिम्मत की थी और बहुत मेहनत से अपनी आँखों को रिमझिम के चेहरे पर गड़ा पाया था।

रिमझिम ने सीधा उसकी आँखों में देखते हुए कहा- "बचपन से भुअर सर हमको पढ़ा रहे थे। उनके सामने ही मैं जवान हुई। मेरे सामने वो शुरू से ही जवान थे। थोड़ा लस्टम-पस्टम हो गया था। ये तो नैचुरल है न जी? क्या हो गया? तुम पढ़ा रहे होते तो थोड़ा तुमसे हो जाता। कौन-सा लड़की को थोड़ा-बहुत नहीं हो जाता है? तुम लोग नहीं औरतों के लुगा-फाटा में झाँकते रहे हो? हम नहीं जानते हैं क्या? ये कौन-सी बड़ी बात है? लेकिन बाद में सर के साथ तुमको देख मेरा दिल आ गया था। पिछले साल मैंने सर को बताया था।"

सेन्हरी को अच्छा लगा। बहुत अच्छा लगा। रिमझिम की सुंदरता से ज़्यादा उसकी साफ़गोई अच्छी लगी। और मार्क वॉ के लिए मन में इज़्ज़त बढ़ गई। स्टी वॉ की तरह ख़ुद को गौरवान्वित महसूस करने लगा। मेरी

कैप्टेंसी में ही मार्क वॉ अच्छा खेल सकता है। मेरी कैप्टेंसी में ही आगे बढ़ा है। पर एक और बात थी। सेन्हरी ने कह ही दिया- "लेकिन लोग भुअरा को विजइया बो का भतार भी कहते हैं ?"

अबकी रिमझिम का मुँह खुला रह गया। लगी भोकार पार कर रोने। "तो क्या ये बात सबको पता है ? इसमें भुअर सर का कोई ग़लती नहीं था।"

अबकी सेन्हरी का मुँह खुला रह गया। क्या चल रहा है विजइया के परिवार में ? पर पहले रिमझिम को चुप कराना ज़रूरी था। कोई सुन लेगा तो प्रोब्लेम है। बात को नियंत्रित करने के लिए आवाज़ ऊँची कर थोड़ा ग़ुस्से में बोला- "तो किसका ग़लती है ? श्री विजयप्रसाद तिवारी का ?"

ट्रिक काम कर गई। आँसू पोंछकर रिमझिम बोली- "नहीं। किसी का ग़लती नहीं है। भुअर सर भी बालक ही थे। जवान हो रहे थे। मेरी माताजी श्रीमती रुक्मिणी देवी को नहाते हुए देख लिए थे। दिमाग़ पर असर कर गया था। उसी चक्कर में घर पर मँडराते रहते थे। रुक्मिणी देवी ने एक दिन पकड़ लिया। ख़ूब धमकाया। भुअर सर रोए-धोए और समझौता हुआ इसी बात पर कि माताश्री की निगरानी में वो मुझे रोज़ पढ़ाएँगे। भुअर सर भी इस बात पर राज़ी हो गए। बालकपन में ग़लती हो जाती है। अब ये कोई अपराध थोड़ी ना है। गाँव वालों को जो कहना है, कहें। उनका मुँह है। तुम्हारा मन है, तुम भी कहो। हम रोकेंगे थोड़ी। लेकिन एक बात याद रख लो, कोई चाहे हमको कितना भी अपशब्द बोल ले, जब तक हमारी मर्ज़ी नहीं होगी वो हम पर असर नहीं करेगा। तुम लाख अपशब्द बोल लो, हम नहीं स्वीकार कर रहे किसी का अपशब्द। जो उखाड़ना है, उखाड़ लो।"

अब रिमझिम और सेन्हरी का प्रेम आलिंगन तक आ गया था। लग ही नहीं रहा था कि पहली बार मिल रहे हैं। कुछ देर की चुप्पी और साँसों में गरमी चढ़ने के बाद रिमझिम ने अपना चेहरा ऊपर किया और बोली- "एक और बात है। तुम भुअर सर से नाराज़ क्यों हो ? वो तुम्हारे लिए इतना सोचते हैं और तुम उनके आने के बाद एको बार मिले भी नहीं हो उनसे ?"

सेन्हरी ने सिर ऊपर किया और बोला- "ये क्या कह रही हो ? भुअर पॉलिटिक्स कर रहा है। वो नहीं मिला है। हम लोग कई बार उसके घर की तरफ़ गए हैं।"

रिमझिम थोड़ी देर देखती रही, फिर मुसकराई और बोली- "पता है हमको। कोई बात थी, उसी वजह से भुअर सर तुमसे नहीं मिले। उन्होंने मुझे बताया था। पर वादा करो कि बुरा नहीं मानोगे?"

कुछ देर तक सेन्हरी चुपचाप देखता रहा। फिर बोला- "जब तुम्हीं को मैसेंजर बना रहा है, तो फिर बोलो।"

रिमझिम ने अपनी आवाज़ को थोड़ा ऊपर-नीचे करते हुए बोलना शुरू किया, जैसे हर शब्द पर भुअर का डिफ़ेंस कर रही हो- "अब तो तुम्हें भी पता चल गया ही है कि तुम्हारा और भुअर सर दोनों का सर्टिफ़िकेट में एक ही नाम है। मिथुन कुमार मिठास। भुअर सर की अँग्रेज़ी ठीक थी पर पढ़ने में उतना भी तेज़ नहीं थे कि सरकारी नौकरी लग जाती। तब तो तुम्हें ये भी अंदाज़ा लग ही गया होगा कि भुअर सर तुम्हारे प्रमाण पत्रों पर मिथुन कुमार मिठास बने हैं। तुम्हारे मिथुन कुमार मिठास जी ने दसवीं के बाद पढ़ाई छोड़ दी और भुअर सर के मिथुन कुमार मिठास जी ने उसी पढ़ाई को जारी कर दिया और नौकरी भी पा ली। क्या प्रोब्लेम है? तुमने पढ़ाई की नहीं वरना थे तो तुम उनसे आगे ही। हमेशा वो कहते हैं कि पढ़ता तो आईएएस होता। अगर उनको नौकरी नहीं मिलती तो किसी काम लायक़ नहीं रहते।"

सेन्हरी चुपचाप सोचता रहा। फिर चलने लगा। रिमझिम साँय-साँय आवाज़ में बोली- "हम और तुम दो-चार महीना कॉम्पैटिबिलटी देखकर शादी वग़ैरह का प्रोग्राम बनाएँगे। तो कोई व्यवधान नहीं पड़ना चाहिए।"

सेन्हरी मुसकरा पड़ा- "किस-किस चीज़ का कॉम्पैटिबिलटी देखोगी?"

रिमझिम आगे चलती हुई बोली- "हर चीज़ का। दोनों साथ-साथ चलने लगे।"

पीछे से आवाज़ आई- "ऐसे बात नहीं बनेगा। पहले हमहूँ चेक करेंगे। हमको भी चाहिए।" कहते हुए प्रकट हुआ छठू दिलावर। गमछा गर्दन पर लपेटते हुए वो ख़ुद को अक्षय कुमार जैसा महसूस कर रहा था।

जवाब रिमझिम ने दिया- "क्या चाहिए तुमको?"

छठू थोड़ा नज़दीक आकर बोला- "हम सब सुन रहे थे। सब सुन लिए हैं। तीन लोगों का हिस्ट्री हमको पता है अब। हमको चाहिए। देना पड़ेगा।"

रिमझिम भी उसके पास जाकर बोली- "क्या चाहिए? बता तो दो। मिल

जाएगा।"

छटू फिर बोला- "जवान हो तुम भी। पढ़ी-लिखी हो। पता ही होगा। अब तय करो कहाँ दोगी। हमारा मानो तो यहीं दो और बात ख़त्म करो। हम किसी से नहीं कहेंगे। वरना पूरे गाँव में बताएँगे।"

रिमझिम उसके बिलकुल पास आकर बोली- "क्या बताओगे ? और क्या लेना चाहते हो ? ज़रा क्लियर कर दो। तो सोचा जाए। तुम हमको कभी पसंद किए थे ? पसंद किए होते तो बात करने का हिम्मत होता। बात भी कभी किए हो हमसे ? इतनी ताक़त है कि किसी लड़की से बात कर सको ?"

उसके बिलकुल पास आ जाने और अपनी बात का कोई असर न होते देख छटू सहम गया और पीछे मुड़कर चलते बना। जाते-जाते कह गया- "देख लेना तुम लोग। अब किससे पाला पड़ा है।"

सेन्हरी ने कहा- "कुछ ज़्यादा ग़ुस्सा दिखा गई तुम। थोड़ा उससे बात कर लेना चाहिए था। थोड़ा क्लियर कर लेते।"

रिमझिम ने मुड़कर कहा- "तुमको भी चाहिए क्या ? क्या क्लियर कर लेते ? जब इंसान एक बार लिमिट पार कर जाता है तो फिर उससे डरना नहीं, उसे छोड़ देना चाहिए। देखते हैं क्या-क्या कहता है। दोस्त होंगे, तो समझ जाएँगे। दुश्मनों को समझाने का कोई फ़ायदा नहीं। छटू आएगा मेरे पास। डोंट वरी।"

***

दीवाली आई। सबके घर दीये जले थे। भुअर पांडे भी आए थे। उनके घर भी दीये जले थे। विलायती ने एक बड़ा दीया बनवाया था जिसमें पाँच किलो तेल डाला था। पर कोई भी बाती उसमें टिक ही नहीं रही थी। नतीजन उसको छोड़कर बाक़ी सारे दीये जल रहे थे। भुअर ने उसी दीये को ढककर, ढकने पर छोटे-छोटे दीये रख दिए और वो ज़्यादा ख़ूबसूरत लगने लगा। लेकिन गाँव में एक व्यक्ति के घर दीया नहीं जल रहा था। वो थे- श्री विजयप्रसाद तिवारी जी। वो पटाखों के छूटने का इंतज़ार कर रहे थे ताकि धूम-धड़ाके की आवाज़ निकले और उसी आवाज़ में आयुष्मती रिमझिम तिवारी की कुटाई प्रारंभ हो सके। सात महीने अपनी कॉम्पैटिबिलिटी देख लेने के बाद रिमझिम

ने घर में ऐलान कर दिया था कि उन्होंने अपनी पसंद का लड़का देख लिया है। हर तरीक़े से जाँच-परख लिया है। ऐसा ही लड़का चाहिए था। ख़याल रखता है, हँसाता है, हमारी बात पर हँसता है। कोई काम नहीं अधाता। सबसे बड़ी बात, मायके और ससुराल का झंझट ख़त्म। माँ-बाबूजी के साथ भी रह लूँगी और लड़के के साथ भी। उसका भी छोटा परिवार है, सब सुखी रहेंगे। पहले तो श्रीमती रुक्मिणी देवी को लगा कि मज़ाक़ किया जा रहा है। तो हाँ बेटा, हाँ बेटा करती रहीं। पर जब पता चला कि रिमझिम जी शादी के बारे में टेंटवालों को नग़दी भी दे आई हैं तब विजयप्रसाद को ख़बर दी गई।

घर के दरवाज़े अच्छे से बंद किए गए। कोई जवाब-सवाल नहीं हुआ। बस इंतज़ार हो रहा था धूम धड़ाके का। लेकिन सारा कार्यक्रम फ़ेल हो गया। रिमझिम ने हँसते हुए बोल दिया- "जितना मारना है मार लो। गाँव भर को पता चल चुका है अब तक। छठू दिलावर के सामने ही टेंट तय किया हमने। नवंबर महीने की सात तारीख़ के लिए। छठू को कुछ नहीं मिला तो आज उसने गाँव भर को बता दिया है। देखा आपने, आज कोई मिलने भी नहीं आया है आप लोगों से। पूरा गाँव मिलकर आपको बायकॉट करने वाला है। शादी तो आप कराएँगे ही मेरी सेन्हरी से। नहीं भी कराएँगे तो सबको पता चल चुका है कि मेरा और सेन्हरी का लस्टम-पस्टम हो चुका है। आप चाह के भी लोगों का मुँह बंद नहीं कर सकते। वो आपको जाति बाहर करेंगे ही। उससे अच्छा है मेरी बात मान जाइए और अख़बार में आपकी फ़ोटो भी आ जाएगी। बाबा आपका फ़ोटो अख़बार में देखने की ख़्वाहिश लिए ही मर गए थे।"

विजयप्रसाद के मन में आया कि इसका गला यहीं घोंट दें और घर के आँगन में ही दफना दें। पर ये भी ख़याल आया कि पूरी ज़िंदगी इसके प्रेत को यहीं पर पानी देना पड़ेगा। गाँव की बात पता चलने के बाद उनको आग लग गई थी। उनकी दीवाली उनके दिमाग़ में बज रही थी। पटाखे छूट रहे थे, पर कोई दीया नहीं जल पा रहा था दिमाग़ में। पर पुरातन काल से जो बात चली आ रही थी, उसी पे चलना होगा। महाजनो येन गतः स पंथा। पुरनियों ने ऐसी कितनी ही बातें दबा दी हैं। हम भी दबा देंगे। रिमझिम को तो देख लेंगे। हाथ-पाँव बाँधकर बियाह कर देंगे। अभी सेन्हरी को देखना होगा। गाँव वाले कोई प्लान बनाएँ उससे पहले ही सेन्हरी को निपटा देना होगा। जाति धर्म भी कोई

चीज़ है कि नहीं? आरक्षण ही मिला है, नौकरी करो पर इसके लिए थोड़ी आरक्षण मिला है कि बहू-बेटियों पर नज़र मारते रहो। मेरी बेटी को बदनाम कर रहा है, उसे इसकी सज़ा मिलेगी।

गाँव में दीये जल रहे थे। पर पटाखे तो चौपाल पर ही फूट रहे थे। विजयप्रसाद जी ने विलायती पांडे, गजानन पांडे समेत गाँव के तमाम लोगों को इकट्ठा कर लिया। लगभग हर घर से एक बुज़ुर्ग पहुँचा था चौपाल में। बुज़ुर्ग हो जाने के बाद लोग ऑटोमेटिक बुद्धिमान समझे जाने लगते हैं। जब तक नहीं बोलते हैं तब तक बुद्धिमान लगते भी हैं। तक़रीबन हर जाति के लोग मौजूद थे वहाँ और सबने खुले दिल से विजयप्रसाद का समर्थन किया। कुछ ने यहाँ तक कहा कि बात सही है, हम लोगों को आरक्षण नौकरी के लिए मिला है, बड़े जात की बहू-बेटी की इज़्ज़त के साथ खिलवाड़ करने के लिए नहीं।

विलायती पांडे को सभा में सबसे बुज़ुर्ग होने के नाते अध्यक्ष घोषित कर दिया गया। जो विलायती बोलेंगे वही फ़ाइनल होगा। पर सबकी सहमति के बाद। छठू दिलावर ने ज़ोर-ज़ोर से कहना शुरू किया- "पूजनीय विलायती बाबा एवं माननीय सदस्यगणो, मैं इस घटना का प्रत्यक्षदर्शी हूँ। सेन्हरी ने बड़े घर की बेटी के बारे में अफ़वाह उड़ाई है। अफ़वाह ही नहीं उड़ाई है बल्कि उसने बड़े घर की बेटी के साथ संभोग भी किया है।"

इतने में विजयप्रसाद चिल्लाकर बोले- "ऐ छठू दिलावर, जबान संभाल के। बस अफ़वाह उड़ाई है, संभोग नहीं किया है।"

छठू को खींचकर बैठा दिया गया। वह अपने आस-पास के लोगों को बताता रहा कि उसने क्या-क्या देखा है। कुछ लोग सिर झुकाकर उसकी बात सुनते रहे बाक़ी लोग सभा की कार्यवाही में मशग़ूल हो गए। विजयप्रसाद ने कहा- "उसने मेरी बेटी के बारे में अफ़वाह उड़ाई है तो उसे इसकी सज़ा मिलनी चाहिए। गाँव की बात गाँव में ही रहेगी। हम लोग कोर्ट नहीं जाएँगे। सेन्हरी के बाप को बुलाया जाए। आर्मीमैन था वो, बात समझेगा।"

एक बुज़ुर्ग जो थोड़ी देर से आए थे, गला खँखारकर बोले- "पर ये बात भी तो क्लियर हो कि सेन्हरी ने क्या अफ़वाह उड़ाई है? उसने तो किसी से कुछ कहा भी नहीं है। एक आदमी यहाँ पर नहीं है जिससे उसने कुछ कहा

हो। और बिलकुल बात सही है, उसके बाप से भी बात करो। पर सेन्हरी से भी करो। रिमझिम से भी पूछा जाए।"

विलायती पांडे ने गरजकर कहा- "रिमझिम तो बच्ची है। सेन्हरी के बाप से क्या लेना-देना। सीमा पर लड़ चुका है। सेन्हरी से निपटना है। उसने क्या किया, नहीं किया, हम नहीं जानते। तमाम गवाहों के मद्‌देनज़र मुझे यही लगता है कि सेन्हरी ने सनातन धर्म का क़ानून तोड़ा है। ये अनलिखा क़ानून हमारे तेज से चलता है। हमारा शीलभंग करने की कोशिश की है। हम सहेंगे नहीं।"

फिर विजयप्रसाद का हाथ अपने हाथ में लेकर विलायती बाबा ने ऐलान किया- "सेन्हरी को हम छोड़ेंगे नहीं। माननीय सदस्यगणो, या तो आप हमारे साथ हैं, या फिर उनके साथ।"

सबने एक साथ आवाज़ लगाई- "क्रिक पांडा, पों पों पों।"

सबके चेहरे से क्रोध उबल रहा था। चुपचाप कार्यवाही देखते, हँसते मुस्कुराते, खैनी ठोंकते चेहरों पर अचानक इतनी तीव्रता का ग़ुस्सा कहाँ से आया, सोचनीय था। बहरहाल, पूरी जमात सेन्हरी के घर चल पड़ी। मौक़ा नहीं दिया गया। भयंकर धक्का-मुक्की हुई। सेन्हरी के घर के दरवाज़े तोड़ दिए गए। सारा सामान पटक दिया गया। पर हरामज़ादों का कहीं कोई अता-पता न था। कहाँ दुबक के बैठे हैं। दोमंजिला छान मारा गया। सारा दीवान, आलमारी उलट-पलट दी गई। कहीं कोई गहना भी न मिला। न ही कैश। अब सब लोग बैंक में रखता है।

अचानक पूजा वाली कोठरी से आवाज़ आई, विलायती बाबा की- "यहाँ बैठा है सेन्हरी। दौड़ो सभी जन। महावीर जी के सामने ही इसको ढठिया देंगे। दो लाठी लेकर आओ रे। एक नीचे दूसरा ऊपर रखकर जाँत देंगे। मंदिर में ही बात ख़त्म। पाप कटेगा।"

दो घंटा तक ये मशक्कत चलती रही। पुराना दरवाज़ा था। टूटने का नाम नहीं ले रहा था। लोग थक गए थे। कई लोगों का मत बना कि अब मारने का मन भी नहीं कर रहा, बोरियत हो रही है। पर विलायती का क्रोध ठंडा नहीं हो रहा था। और फिर हनुमान जी का नाम लेकर भीड़ ने एक धक्का और दिया, सेन्हरी दरवाज़ा ढाह दिया। भयानक धसना-धसनी के बाद कई लोग

पूजाघर में घुस चुके थे। ज़ीरो वॉट के टिमटिमाते लाल बल्ब में विलायती बाबा ने सेन्हरी की गर्दन दाब रखी थी। लाठी लेकर दबाया जा रहा था। तब तक विलायती को कुछ महसूस हुआ। जनेऊ जैसा हाथ में आया। सेन्हरी के शरीर पर जनेऊ भी है? गों-गों करते वह छटपटा रहा था। अचानक विलायती को इलहाम हुआ। ये तो भुअरा है। पर कोई सुन नहीं रहा था। अरे, ये तो भुअरा है। कोई सुनना नहीं चाह रहा था। जो भी हो, आज तो जान से जाएगा। आख़िरकार विलायती लट्ठ लेकर सबपर टूट पड़े। भेड़ियाधसान हो गया। लोग इधर-उधर भागने लगे। दो मिनट में पूजाघर ख़ाली। कुछ देर बाद अंदर से विलायती हाँफते हुए भुअर को लेकर निकले।

भुअर खाँसते और ज़ोर-ज़ोर से साँस लेते हुए अपने घर चला गया। रात को विलायती ने पूछा- "बेटा, तुम क्या करने गए थे सेन्हरी के घर?"

भुअर ने जवाब दिया- "दोस्त का क़र्ज़ा था, चुका दिया। छठू दिलावर सेन्हरी और रिमझिम दोनों को लेकर निकल गया। अब कोई यहाँ वापस नहीं आने वाला है।"

विलायती को सब समझ आ गया। कुछ देर शांत रहे फिर बोले- "किसी से कुछ कहना मत। मैंने यही कहा है कि भुअर भी उसे खोज ही रहा था। चुपचाप अपनी नौकरी पर निकल जाओ। यहाँ माहौल बदल गया। कोई कुछ करेगा नहीं बस राजनीति करेगा। हो गया अब पूरे गाँव का क्रिक पांडा पों पों पों।"

सवर्ण की प्रेमकथा

शहर के बीचो-बीच बड़ा-सा मार्केट। गझिन, मुर्गी के दड़बों की तरह। उसी में सबसे अलग एक दो मंज़िला विला। पुराने ज़माने के अंदाज़ में बना। बना नहीं, स्थापित किया हुआ। एक बड़ा-सा हाता। बड़े-बड़े गेट। हाते में बड़े-बड़े गुलाब। छोटे-छोटे पेड़। ऊपरी मंज़िल की नज़र में पूरा मार्केट।

रात का वक़्त। मार्केट में कुत्ते टहल रहे हैं। कोई-कोई कुत्ता विला के गेट तक चला आता, इधर-उधर देखता, चला जाता। भौंकता नहीं। एक अनकहा-सा फ़रमान है सारे कुत्तों के लिए। वो इसे मानते हैं। आख़िरी बार एक कुत्ता भौंका था जाड़े में। गेट के पास। ठंड लग रही थी उसे। रात को ही चौराहे पर अलाव जलाया गया। उसे ज़िंदा फूँक दिया गया था। उस वक़्त विला की मालकिन शची अपनी बालकनी में फुँफकार रही थी। मालिक पुरंदर कुत्ते को आग से निकलने नहीं दे रहे थे। उनके दस-पंद्रह चेलांटू हे हे हे हँस रहे थे।

मार्केट में सभी जानते थे कि शची जवान है। जवान तो पुरंदर भी थे। पर मार्केट के लोगों का मानना था कि पुरंदर में वो बात नहीं है जो शची की जवानी माँगती है। लोग तो ये भी कहते थे कि शची जब बाल धोकर बालकनी

में आती है तब उसका हाता बरमूडा ट्रायंगल बन जाता है। किसी भी दिलजले का दिल हाता पार नहीं कर पाता। टपक जाता है।

तो रात मार्केट में थी। बिजली कट गई थी। पर विला के दूसरी मंजिल पर बिजली कौंध रही थी। शची नहा रही थी। और पुरंदर बेडरूम में बैठे मोबाइल पर कुछ देख रहे थे। उनका चेहरा हर पाँच सेकंड में तमतमा जाता था। फिर खिड़की से बाहर देखते। जैसे अँधेरे को छेद रहे हों। फिर पढ़ने लगते। तभी शची को कुछ याद आया। उसने फटाफट अपना कार्यक्रम समेटा। भागी-भागी बेडरूम में आई।

"नई वाली देशभक्ति में ये भी आता है क्या? मेरा फ़ोन क्यों देख रहे हो?" शची ने धुले बाल समेटते हुए कहा।

जवाब में पुरंदर ने फ़ोन दीवार पर दे मारा। स्क्रीन फूट गई। पुर्ज़े छितरा गए। शची ने बाल बाँध लिए थे, "मैं ये तो नहीं कहूँगी कि तुमको बताने वाली थी। मुझे लगा तुमको पता होगा।"

पुरंदर ने फ़ोन की बैटरी को पैर से कुचलते हुए कहा- "धंधा खोल लो, पैसे भी आएँगे। मुफ़्त में क्यों सबको मज़े करा रही हो?"

"मुफ़्त में नहीं है। डाटा और कॉल दोनों का रिचार्ज मुझे नहीं कराना पड़ता।" टॉवल हटाते हुए शची पुरंदर के सामने आ गई।

पुरंदर ने पलटकर उसके बाल पकड़ लिए- "पता तो था मुझे कि तू छिनाल है। पर उस अंबेडकर वाले के साथ? टब में हूँ, आ जाओ, नहला दो? क्यों कर रही है ये सब?"

"तुमसे तो हो नहीं पाएगा। दम है तो कर लो। किसी के भी साथ। मुझे ऐतराज़ नहीं। तुमसे कुछ नहीं होगा। बीवी के सामने तो खड़े नहीं रह पाते ढंग से।" शची ने अपने बाल छुड़ा लिए थे।

पुरंदर ने कहा- "ठीक है। अभी तक तो मैं बर्दाश्त कर रहा था। पर अब गाय की चमड़ी उतरने वालों के साथ भी! तुम्हारा इलाज मैं करूँगा। पहले उस गौतम को अपने शेड्यूल में लेता हूँ।"

पुरंदर कभी इंजीनियरिंग पढ़ते थे। दो साल में ख़त्म कर दिए। बोले बाप की इतनी जायदाद कौन संभालेगा। नौकरी करेंगे तो ऑफ़िस में हमारी कोई ले लेगा। यहाँ साले को ज़मीन किसी और की हो जाएगी। शची से उनकी

मुलाक़ात वहीं की थी। उसने अपनी पढ़ाई पूरी की थी। बंगलौर में नौकरी भी की। पर एक बार पुरंदर से मिलने रघुनाथपुर आई तो फिर जा न पाई। कहाँ ये छोटे शहर की हरियाली, शुद्ध हवा और बिना टारगेट का पूरा वक़्त अपना। जैसे चाहो मोड़ दो। सारे लोग जी-हज़ूरी में। सबके बॉस हैं अपन, असल में तो बाप। ऑफ़िस में थे क्रिएटिव डिज़ाइनर।

पुरंदर का क़िला दो साल में ढह गया। शुरू में मोटर-पार्ट्स के बिज़नेस के बाद सारा वक़्त दोनों का रहता था। पर अब शची चाहे बाल खोले या साड़ी, उसकी न तो नज़र उठती थी न ही ईमान। उसका प्रेम अब 'देश' को समर्पित हो गया था। जाति, धर्म और दुश्मनों की बातें करने लगा था वह। शहर की औरतों के बहकते क़दम उसे संस्कार से मदहोश कर देते थे। उसे अब समझ आ गया था कि साला जब भारत देश ही नहीं रहेगा तो ख़ाक बिजनेस खड़ा करेंगे। किसके लिए?

'राष्ट्रवादी सेना' के जनपद प्रभारी बन गए थे पुरंदर। भारत को बचाकर रखना जीवन का उद्देश्य था। गो-हत्या से लेकर वैलेंटाइन डे तक एजेंडे में था। लव-जिहाद एक संक्रामक रोग की तरह फैल रहा था। इसके लिए पुरंदर ने क़साई मोहल्ला और मिल्की मोहल्ला क्वारंटाइन भी कर दिया था। चार लौंडे हमेशा निगरानी में रहते थे। किसी भी अनैतिक गतिविधि की जानकारी तुरंत पहुँचती थी। 'स्वाधीन भारत सम्मलेन' में पुरंदर के कामों की बहुत बड़ाई हुई थी।

सब कुछ एकदम चकाचक चल रहा था। पर इधर इंग्लिश मोहल्ला का लौंडा गौतम बवाल काटे हुए था। साला पूरा मोहल्ला गाय की चमड़ी उतारने में लगा रहा है, जन्म-जन्मांतर से। आधे गू फेंका करते थे एक ज़माने में। पर बाबा साहेब के इंक़लाब के बाद स्थिति बदल गई है। अब सबके हाथ में क़लम और दुनलिया दोनों है। जिसको चाहो, इस्तेमाल कर लो। वो बैर भी नहीं रहा था। गौतम ने तो लव-जिहाद में बढ़िया काम किया था। घर आना-जाना भी था। चाय-पानी सब होता था। पर गो-हत्या के मामले में मैटर बिगड़ गया। पुरंदर ने इसे समझाया था कि ये सिर्फ़ मुसलमानों के ख़िलाफ़ है। कुछ दिन की बात है। अपने मोहल्ले के लोगों को समझा दो। शांत रहें। चुनाव तक। मोहल्ले के शाहरुख़ खान हो, सब मान लेंगे तुम्हारी बात। चुनाव के

बाद सारा मैदान तुम्हारा। पर सबको चौधरी बनना है। गौतम के पास मौक़ा आया बढ़िया। शाहरुख़ और सलमान दोनों बनने का। बोल दिया मोहल्ले के लोगों से वादा है। वादा मैं तोड़ता नहीं। जो होगा देखा जाएगा। पुरंदर को पता था कि ये सब वार्ड कमिश्नर चुनाव के लिए हो रहा है। वादा की तो गौतम बत्ती बना लेता है। हालाँकि गौतम को फाँसने के लिए इंतज़ाम हो रहे थे। राधे-कृष्ण मंदिर का उद्घाटन उसी के हाथ करवाया जाना था। पुरंदर ने सबसे झंझट कर इस बात को पास कराया था।

पर अब? गो-हत्या तो पुरंदर के घर में हो गई थी। शची ने की थी। और गौतम ने लव-जिहाद। पुरंदर क्या करे? दोनों को मार दे? अगर शाख़ा में ये बात खुली तो लौंडे जीने नहीं देंगे। सब लोग भूल जाएँगे पुरंदर के काम को। जो मुँह पर मामला साफ़ हो जाए तो पुरंदर अपना रास्ता निकाल लेगा। पर चार लोग जब पीठ-पीछे हँसते हैं ना, वो बर्दाश्त नहीं होता। ज़माने की यही रीत है। कोई घर से सोच के नहीं निकलता कि आज किसी औरत को या संक्रामक लोगों को छेड़ना है। वो तो चार लोग मज़ाक़ करते हैं, बाक़ी सब अपने-आप हो जाता है। पुरंदर कैसे बर्दाश्त करेगा?

पुरंदर पार्क में बैठा था। अकेला। उस वक़्त सूरज दुनिया को हिकारत से देख रहा था कि फूटी कौड़ी नहीं देने वाला मैं। जाओ, जाके लालटेन जलाओ। किसी के चलने की आवाज़ आई। पुरंदर ने सिर ऊपर किया तो सामने गौतम को देखा। नज़रें मिलीं। गौतम मुस्कुराया। पुरंदर कुछ कहना चाहता था। पर गला रुँध गया। फिर गौतम पास आया। अपना फ़ोन निकाला और पुरंदर के साथ एक सेल्फ़ी ले ली। बोला- "भैया, राजनीतिक मतभेद अपनी जगह पर। प्यार कम नहीं होना चाहिए। आपने ही मुझे ज़िंदगी के मैदान में खेलना सिखाया है। इस खेल के आप रेफ़री हैं। मैं बारहवाँ खिलाड़ी। आपके लिए जान हाज़िर है। चलता हूँ। और हाँ, घर जाइए। रात हो रही है। आप दुश्मनों की निगाह में चढ़े हुए हैं।"

चार क़दम चलकर गौतम वापस आया- "बोलिए तो आपको घर छोड़ दूँ?"

पुरंदर बोले- "नहीं, मैं पाँच मिनट में चला जाऊँगा। तुम निकलो।"

वह गौतम को जाता देखता रहा। एकदम मस्ती से भरपूर। जैसे आसमान

को खींचकर अपनी लुंगी बना लिया हो। सच में बना लिया है क्या ? आसमान अब दिखाई भी नहीं दे रहा। काला-सा कुछ दिख रहा है। अब तो गौतम भी नहीं दिख रहा। शची क्या कर रही होगी ? किसको बुलाया होगा घर पर ? क्या सच में मैं किसी से कुछ नहीं कर सकता ?

पुरंदर ने अपने सिर में गोली मार ली।

उसको मरे एक महीना बीत गया था। शची के पापा आए थे लिवा ले जाने। बोली कि पुरंदर की याद जुड़ी है घर से। भुलाने के लिए कम-से-कम तीन महीना चाहिए। ठीक तीन महीने बाद 10 दिसंबर को आऊँगी।

शची ने पूरी प्रॉपर्टी के काग़ज़ वकील से दिखवा लिए थे। कहीं कोई दाग़ नहीं था। सब उसी का था। मार्केट की दो दुकानों में पुरंदर के चचेरे भाई का हिस्सा था। शची ने पूरा उसी को दे दिया। चाची को गाँव का बग़ीचा दे डाला। सारी झंझट ही ख़त्म हो गई। गौतम से मुलाक़ात कम ही हो पाती थी। पर फ़ोन पर दोनों बराबर बने रहते थे। वह गौतम से हर बात में सलाह लेती थी। जिस दिन चाची और उनके बेटे ने शची को मिठाई खिलाकर अपने यहाँ कीर्तन में आने का न्योता दिया उसी दिन गौतम ने भी मिठाई भिजवाया था। पूरे तीन महीने लगे थे तब जाकर 'गौरी-गणेश' से 'शची विला' और 'शची मोटर पार्ट्स' हो पाया था।

आज बड़े दिनों के बाद शची नहा-धोकर बालकनी में खड़ी थी। पूरा मार्केट नया लग रहा था। दिसंबर की धूप ख़ून गरम कर रही थी। शची ने गौतम को फ़ोन लगाया- "कहाँ हो सरकार ? एक गाय कब से छटपटा रही है। क़साई को इसकी ख़बर ही नहीं !"

गौतम ने कहा- "ग़लत जगह फ़ोन कर दिया। मैं सिर्फ़ चमड़ा उतारता हूँ। क़साई का नंबर दूँ ?"

रात को गौतम आया। गेट के बाहर ही खड़ा रहा। शची ने सख़्त हिदायत दी थी कि अभी घर नहीं आना है। पहले शादी करेंगे फिर आना। अंदर का घर लॉक करके शची बाहर आई। मेन गेट खुला ही छोड़ दिया। कौन इतनी बड़ी कुंडी बार-बार खोले और बंद करे। दोनों मार्केट में टहलने लगे। सर्दियों में यहाँ आठ बजे ही सूता पड़ जाता है। ग्यारह बजे कुत्ते भी नज़र नहीं आते।

चौक पर एक बुझा हुआ अलाव सुलग रहा था। शची ने लाइटर निकाला और थोड़ी लकड़ियाँ सुलगा दीं। आस-पास की दुकानों से काग़ज़ लाए। थोड़ी कोशिश के बाद अलाव जलने लगा। दोनों पास-पास बैठ गए।

तभी गौतम ने हाथ पीछे ले जाकर उसका जूड़ा खोल दिया। बोला- "खुले बालों में तुम गज़ब मारक लगती हो।"

शची ने सिगरेट जला ली। बोली- "कल मैं घर जा रही हूँ। सबको बता दूँगी कि तुम से शादी कर रही हूँ। पुरंदर के वक़्त भी वो लोग कुछ नहीं कह पाए थे। अब क्या कहेंगे!"

गौतम ने उसकी पीठ सहलाते हुए कहा- "ये सब करने की ज़रूरत नहीं है।"

शची ने उसके गाल चूम लिए। बोली- "डरो मत। जब मैं पुरंदर की खटिया खड़ी कर सकती हूँ तो मेरे घर वाले क्या बिगाड़ लेंगे! हाँ, बता देना मेरा फ़र्ज़ है।"

गौतम अब खड़ा हो गया- "एक बात तुम साफ़-साफ़ सुन लो, शची। मैंने कभी ये नहीं कहा कि मैं तुमसे शादी करूँगा। ये प्लान तुम अकेले ही बना रही हो।"

शची फुँफकार उठी- "ये क्या मज़ाक़ है!"

गौतम ने अलाव में देखते हुए कहा- "मुझे तुम्हारी ज़रूरत थी, बस पुरंदर की इज़्ज़त लूटने के लिए। इसीलिए मैंने तुम्हें लाइन दी। हाँ, तुम्हारे लिए ये सेक्स होगा, मेरे लिए ये जनाधार बढ़ाने का ज़रिया है। तुम्हें नहीं पता कि हम दोनों के कुछ ज़ालिम कैमरा कमाल के चलते मेरा पूरा मोहल्ला मेरा भक्त हो गया है।"

शची का चेहरा भभक गया। गौतम ने फिर कहा- "मुझे तुम्हारी दो कौड़ी की प्रॉपर्टी नहीं चाहिए। उतनी तो मुझे चुनाव में बैठने के लिए मिल जाएगी। जीत गया तो तुम्हारे जैसे लोगों को नौकर रख लूँगा। मुझे इस बात का सुकून है कि पुरंदर को मरने से पहले मेरी औक़ात और हैसियत का पता चल गया था। चलता हूँ।"

शची अकेली बैठी अलाव बनी पड़ी थी। अब अलाव को जलने की ज़रूरत नहीं थी। उधर विला में मेन गेट से एक कुत्ता घुस गया था। और एक

छोटे पेड़ के नीचे बड़े से गुलाब पर टाँग उठाए मूत रहा था।

तभी चौक पर चार लड़के धीरे-धीरे चलते आए। और जल्दी से एक बैनर टाँगकर भाग गए:

'आरक्षण ख़त्म करो, मेरिट को बनाओ आधार'- जय परशुराम।

उसके कुछ देर बाद फिर चार लड़के आए। उन्होंने बैनर देखा और परशुराम पर कालिख पोतकर राजपूताना लिख दिया।

लालपुर का डीएम

वो ज़िले का डीएम था। लोग उसके नाम से डरते थे। उससे भी ज़्यादा उसके पोस्ट से। लालपुर गाँव की गली में डीएम का क़ाफ़िला रुका था। गाँव में कहीं कोई नज़र नहीं आ रहा था। डीएम को बहुत तेज़ क्रोध आ रहा था कि सरपंच को इत्तिला करने के बाद भी कोई दिखाई नहीं दे रहा यहाँ। इतनी भीषण गर्मी में मैं आया हूँ और पीने को पानी भी नहीं मिल रहा।

सिपाही ने डरते-डरते डीएम से कहा- "हुजूर, गाँव में कोई हैंडपंप नहीं है। कहीं पानी का नामो-निशान नहीं दिख रहा। ये लोग कैसे जीते हैं यहाँ पर?"

डीएम ने अपने सामने के घर के दरवाज़े पर निगाह डाली। बहुत देर से आवाज़ लगाने के बावजूद उस घर का दरवाज़ा खुल नहीं रहा था। डीएम की कड़ी नज़र दरवाज़े पर पड़ते ही पसीने से लथपथ सिपाहियों ने दरवाज़े को ज़ोर-ज़ोर से खटखटाया। पदचाप हुई और कुछ सेकेंड बाद एक बूढ़ा घर से बाहर निकला। उसने पहले एक निगाह सब पर डाली और कड़े स्वर में पूछा- "क्या है? ये क्या दरवाज़े पर शोर मचा रहे हो?"

सिपाहियों को चुप रहने का इशारा कर डीएम ने अपनी आवाज़ को अत्यंत विनम्र बन, पूछा- "आप बुरा न मानें तो एक इल्तिजा है मेरी आपसे।"

बूढ़े ने बात काटते हुए कहा- "उससे पहले अगर आप इस बूढ़े को दो घूँट पानी पिला दें तो मेहरबानी होगी। आप ज़िले के कलक्टर हैं, आपके पास तो बोतल में भरकर ठंडा पानी रखा होगा।"

डीएम चुप हो गया। कुछ सेकेंड तक अपने प्रश्न के जवाब का इंतज़ार कर बूढ़े ने दरवाज़ा बंद कर दिया। बंद करते हुए उसने कहा- "कृपया यहाँ शोर न करें। आप लोग किसी काम के नहीं हैं। एक बूढ़े को चैन से मरने भी नहीं दे रहे।"

क्रोध में डीएम के अंदर का पानी और सूख रहा था। डीएम को ये बात महसूस भी हो रही थी। उत्तेजना में उसने बग़ल के दरवाज़े पर पैरों से ज़ोरदार ठोकर मारी। पहले सिपाही उस दरवाज़े को खटखटा चुके थे। किसी ने रेस्पॉन्स नहीं दिया। अलबत्ता उस घर से धमधम की आवाज़ आ रही थी, जैसे कि वहाँ कोई खेल खेला जा रहा हो। सिपाहियों ने डीएम का क्रोध देखकर दरवाज़े पर ऐसी लात मारी कि दोनों पल्ले दो तरफ़ गिर गए। दरवाज़े के टूटते ही उससे एक भैंसा निकल पड़ा। गर्मी की वजह से पागल भैंसे के सामने सबसे पहले डीएम की कार नज़र आई। उसने कार को इतनी बुरी तरह धक्का मारा कि एक तरफ़ से कार में बैठने की जगह ही समाप्त हो गई।

डीएम को क्रोध आ गया। उसने ग़ुस्से में जाकर भैंसे के दोनों सींग पकड़ लिए। भैंसे ने काफ़ी ज़ोर लगाया, पर डीएम के दाँव के आगे मात खा जाता। अंत में डीएम ने भैंसे को दाहिनी तरफ़ पटक दिया। भैंसा बिलकुल शांत हो गया। डीएम ने सिगरेट सुलगा ली।

डीएम को ख़यालों में खोया देख गली में भगदड़ मच गई। भैंसा डीएम की तरफ़ मुड़ रहा था, लोग चिल्लाने लगे। डीएम की तंद्रा टूटी और वह कार के पीछे जाकर छुप गया। सिपाही दोनों तरफ़ भाग लिए। भैंसे ने डीएम को देख लिया था। वो कार के पीछे आना चाहता था पर जगह नहीं थी। लिहाज़ा उसने कार को दबाना शुरू कर दिया। दीवार से टिके होने की वजह से कार आगे जाकर डीएम को दबा तो नहीं पा रही थी। पर डीएम को डर बहुत लग रहा था। जानवर का भरोसा नहीं, कब घूमकर कार के पीछे आ जाए। इसी

वजह से इंसान को कुत्ता पालना चाहिए। टॉमी कहते ही वो अपनी जगह पर बैठ जाता है। सिपाही भाग-भाग कहकर भैंसे को भगाने की कोशिश कर रहे थे। डीएम ने मन में तय कर लिया था कि ऑफ़िस जाने के बाद छह सिपाहियों में से दो को तो सस्पेंड करूँगा ही। क्योंकि वो दोनों दूर से तमाशा देख रहे थे।

घर के अंदर से आवाज़ आई- "कर्रही, कर्रही।"

भैंसा नतमस्तक हो आराम से घर में अंदर घुस गया। घर के अंदर से किसी ने दोनों पल्ले उठाकर टिका दिए, दरवाज़ा फिर लग गया।

डीएम ने ज़िले में आकर अपने छह सिपाहियों को तलब किया।

"क्या मैं आप लोगों से ये उम्मीद करूँ कि जो भी आपने देखा, वो आपने नहीं देखा है ? राइट ? ऐसा कुछ भी नहीं हुआ है, जो आपने देखा है। हम गाँव गए थे, हमारा ख़ूब सत्कार हुआ। हमने जी भरकर पानी पिया और वापस आ गए। हमने गाय और भैंस भी देखे।"

डीएम ने सिपाहियों के जवाब का इंतज़ार किए बग़ैर आगे कहा- "उस गाँव को पानी की ज़रूरत नहीं है। वहाँ पर सभी लोग साधन-संपन्न हैं और पानी प्रचुर मात्रा में है।"

फिर उसने एक कड़ी निगाह सिपाहियों पर डालते हुए कहा- "आप लोग मुझ पर कोई एहसान नहीं कर रहे। अगर मैं चाहूँ तो आप सबको कर्तव्यपरायणता का पालन न करने के आरोप में निलंबित भी कर सकता हूँ। पर नहीं कर रहा। तो ये बराबरी का मामला है। चलिए, निकलिए आप लोग ड्यूटी पर। और मेरे लिए पानी भिजवा दीजिए।"

ऑफ़िस का समय बीत चुका था। पर डीएम वहाँ बैठा रहा। उसने सेंट स्टीफ़ेंस और जेएनयू और विदेश में पीएचडी कर रहे दोस्तों की बहसबाजी से अर्जित किया अपना समूचा ज्ञान उस ईमेल में डाल दिया, जो उसने राज्य के होम मिनिस्टर को लालपुर गाँव में पानी की स्थिति के बारे में भेजा था। उधर से तुरंत उत्तर भी आ गया- "ब्रेवो, राजदीप। अब तुम ज़िले के बाक़ी गाँवों पर फ़ोकस करो। इस ज़िले में पानी की समस्या नहीं होनी चाहिए। अगले साल चुनाव है, मैं इस तरह का चोमू रिस्क नहीं लेना चाहता। इस ज़िले का पानी मेरे लिए हमेशा समस्या खड़ी करता है।"

डीएम ने चैन की साँस ली। अपने दफ़्तर में उसने ताला लगाया और बाहर जाकर अपने स्टाफ़ को पूरे ज़िले के गाँवों में पानी की स्थिति को बताने के काम पर लगा दिया। सख़्त हिदायत दी कि रात तक ईमेल कर देना है सारा डेटा।

आवास पर पहुँचते ही डीएम को खटका-सा लगा। हवाओं में वीरानी-सी थी। लॉन की घास सहमी पड़ी थी। पेड़-पौधे अलसाए हुए थे। कहीं कोई कुत्ता भी पैर चाटने नहीं आया। सारे कर्मचारी मुँह बनाकर जगह-जगह कुर्सियों पर बैठे हुए थे। किसी अनहोनी की आशंका से ग्रसित होकर डीएम भागा-भागा अपने बेडरूम में पहुँचा। वहाँ पर टेबल पर एक बड़ा पत्र पड़ा हुआ था।

नीलिमा ने लिखा था- "राजदीप, मुझे दुख है। मुझे दुख है कि मैं इतने दिन तुम्हारे साथ रहने के बाद भी तुम्हें समझा नहीं सकी। मैंने कैम्ब्रिज से पढ़कर इसलिए तुमसे नहीं शादी की कि तुम्हारे चपरासियों को ऑर्डर देती रहूँ। तुम्हारे साथ बिताया हर वक़्त मुझे अपराधबोध में ढकेलता है। तुम्हारे साथ रहकर मैंने ग़रीबों-मज़लूमों का शोषण किया है। इनको ऑर्डर दो, उनको ऑर्डर दो। जैसे किसी की यहाँ पर सेल्फ़ रिस्पेक्ट ही नहीं है। सब जीभ से जूता चाटने को व्याकुल रहते हैं। मुझे ऐसे लोगों के बीच नहीं रहना। मुझे आइडियाज़ वाले लोग चाहिए, जिनके पास दुनिया बदलने वाले आइडियाज़ हों। जो आइडियाज़ किसी ने कभी सोचे न हों। मुझे ऐसी जगह पर भी नहीं रहना जहाँ टैप में पानी नहीं आता हो। एक ही तो शौक था मेरा, बाग़बानी। वो भी मैं नहीं कर पा रही यहाँ पर। मुझे खोजने की कोशिश मत करना। मैं फ़ोन बंद कर रही हूँ। और हाँ, ऐसा नहीं है कि मैं तुमसे प्यार नहीं करती थी। करती हूँ। लेकिन ऐसे मैं रह नहीं सकती। तुम्हारी नीलिमा।"

डीएम को समझ नहीं आया कि वह क्या करे। फ़ोन मिलाने पर वाक़ई बंद आ रहा था। ज़िले में पानी की समस्या वाक़ई गंभीर हो गई थी। हर जगह से शिकायतें ही थीं। लालपुर गाँव में सबसे ज़्यादा बुरी स्थिति थी। लालपुर से याद आया डीएम को, पूरी रिपोर्ट भेजनी है होम मिनिस्टर को। मन में उसने तय कर लिया था कि चाहे कुछ भी हो जाए, वो लालपुर को पानी नहीं देगा। रात को ऑफ़िस से ईमेल आ गया। पूरे ज़िले में ज़रूरत का मात्र तीस प्रतिशत

पानी ही उपलब्ध था। वो पानी भी उच्च जातियों के कब्ज़े में था।

डीएम बंदूक़ लेकर चल पड़ा। उसने ठाकुरों की बस्ती में जाकर ललकारा- "ठाकुर, अगर माँ का दूध पिया है तो बाहर निकल।"

कोई बाहर नहीं निकला। डीएम ने एक सिगरेट सुलगाई और लंबे-लंबे कश लेने लगा। कुछ देर में ठाकुरों की तरफ़ से बंदूक़ें गरज उठीं। डीएम गोलियों की बौछार में अपनी सिगरेट के ख़त्म होने का इंतज़ार करता रहा। सिगरेट ख़त्म होते ही उसने सबसे पहले अपनी टाई ठीक की और कंधे पर लॉन्चर रखकर दाग दिया। ठाकुर की हवेली मलबे में बदल गई। इतना होते ही डीएम की आँख खुल गई। सुबह के आठ बज गए थे और जल्दी ऑफ़िस पहुँचना था क्योंकि आज पानी की सारी रिपोर्ट बनाकर होम मिनिस्टर को भेज देनी थी।

दस बजे तक डीएम ने होम मिनिस्टर को रिपोर्ट भेज दी। रिपोर्ट के मुताबिक़ ज़िले में लालपुर गाँव को छोड़कर हर गाँव में पानी की क़िल्लत थी। लालपुर गाँव गें लोगों ने रेनवॉटर हॉर्वेस्टिंग कर रखी थी और ताल-तलैया पानी से लबालब भरे हुए थे। इसलिए वहाँ पर पानी की कोई समस्या नहीं थी। रिपोर्ट भेजने के बाद डीएम आश्वस्त हो गया। बला टल गई थी। अब सबको टैंकर मँगाकर पानी बाँट देना था, बस। उसने टैंकर वालों को फ़ोन करना शुरू कर दिया। बहुत सारे काम वो ख़ुद कर लेता था। अगर मातहतों के ज़िम्मे छोड़ता तो टैंकर की डील करने में उन्हें देर भी हो सकती थी।

डीएम ने जब सिगरेट सुलगाकर अपनी टाई ठीक की, तभी सुजैन ने आकर उसे पीछे से बाँहों में भर लिया। डीएम ने सिगरेट के तीन-चार कश लिए और धीरे से कहा- "इस वक़्त मुझे तुम्हारी ही सबसे ज़्यादा ज़रूरत है। मैं सोच ही रहा था कि तुम आ जाओ और तुम आ गई। तुम्हारे जाने के बाद मैंने अपने जीवन के एक-एक सेकेंड के बारे में सोचा। मेरे जीवन का सबसे ख़ूबसूरत लम्हा वही था जिसमें तुम मुझे पहली बार दिखी थी।"

तभी डीएम का फ़ोन घनघना उठा और उसकी आँखें खुल गईं। मंत्री जी लालपुर गाँव के दौरे पर थे। डीएम को हिदायत मिली थी कि तुरंत वहाँ पहुँचे। पूरे ज़िले को दिखाना था कि लालपुर की ही तरह जलसंचय करें ताकि भूजल का स्तर अक्षुण्ण बना रहे।

डीएम के हाथ-पाँव फूल गए। उसने ये नहीं सोचा था कि भरी गर्मी में मंत्री लालपुर गाँव आने का प्लान कर लेगा। उसने सोचा था कि टैंकर भिजवा देगा बाक़ी गाँवों में, अपने आप ख़बर सही हो जाएगी। लेकिन डीएम गर्मी के हिसाब से सोच रहा था, मंत्री चुनाव के हिसाब से। पर अब करे तो क्या करे? लालपुर गाँव के लोग बदतमीज़ हैं, मंत्री को सीधा-सीधा बता देंगे। ऐसा तो नहीं कि मैंने बेवजह ईगो पाल लिया और उस चक्कर में फँस जाऊँगा? दे देता लालपुर को भी दो-चार टैंकर। लबालब ताल-तलैया की रिपोर्ट बनाने की क्या आवश्यकता थी। अब एक ही तारणहार बचा था।

अपने पर्सनल नंबर से डीएम ने ज़िले के सांसद को फ़ोन मिलाया- "नमस्कार सर, कैसे हैं?"

सांसद के बोलने से पान खाने की ध्वनि आ रही थी- "नमस्कार राजदीप बाबू, क्या हाल है? क्या हुआ हमारे पावर प्लांट का? ऊर्जा मंत्री से तो हम पास करा दिए। टेंडर कब निकलेगा?"

डीएम ने वक़्त ज़ाया नहीं करते हुए सीधा अपनी बात रख दी- "सर, आप दूसरे मंत्रियों से ही पावर प्लांट पास कराएँगे या ख़ुद भी कभी पास करेंगे?"

सांसद के ज़ख़्मों पर मिर्च डाल दी गई थी इस गर्मी में, बोला- "आप लोग मदद करबे नहीं करते हैं। हालाँकि ये अच्छा है कि आपको इस बात का ख़याल है। बताइए, क्या कहना चाहते हैं?"

डीएम ने वस्तुस्थिति समझाई। सांसद ने पूछ लिया- "तो हम क्या कर सकते हैं इसमें? क्या फ़ायदा होगा हमारा?"

डीएम ने तपाक से कहा- "आप लालपुर गाँव को लेकर धरने पर बैठ जाइए। मंत्री को गाँव में घुसने ही मत दीजिए। अपनी पार्टी के मंत्री के ख़िलाफ़ धरने पर बैठने से आपका ही क़द बड़ा होगा। अगर धरना सफल हुआ तो समझिए कि मंत्री जी का पत्ता साफ़ है इस ज़िले से।"

लालपुर गाँव के बाहर सांसद अपने तमाम समर्थकों के साथ धरने पर बैठ गया। जनता के द्वार, जनता की मार। ऐसे बड़े-बड़े पोस्टर लग गए। उधर मंत्री के समर्थक मंत्री का इंतज़ार कर रहे थे। दोनों समर्थकों के आमने-सामने होने से स्थिति बिगड़ने की पूरी संभावना थी। डीएम अपने लाव-लश्कर के

साथ वहाँ पहुँच गया। चारों ओर के फ़ोन घनघनाने लगे। पुलिस ने बैरिकेडिंग कर दी। कभी भी समर्थक आपस में भिड़ सकते थे।

पाँच बज गए थे। मंत्री जी का कोई पता नहीं था। डीएम ने उनके ऑफ़िस में फ़ोन मिलाया। उत्तर मिला कि मंत्री जी पिछले आधे घंटे से टायलेट में हैं। ये उत्तर डीएम को पिछले दो घंटे से मिल रहा था। इस बार डीएम को शुबहा हुआ। उसने कहा कि पता करिए मंत्री जी को क्यों देर हो रही है। कोई हेल्थ इशु तो नहीं है? मंत्री जी के हेल्थ इशु की बात सुनते ही उनके कुछ समर्थक दहाड़ मारकर रोने लगे। वहीं सांसद के एक चेले ने डीएम के कान में धमकी दी- "अगर मंत्री जी नहीं आए तो माननीय सांसद बहुत नाराज़ होंगे आपसे।"

मंत्री ऑफ़िस से डीएम को स्थिति समझाई गई- "राजधानी में पानी ख़त्म हो गया है। किसी टैप में पानी नहीं आ रहा। मंत्री जी टायलेट में बैठे हैं, कहीं से भी पानी का जुगाड़ नहीं हो पा रहा। यहाँ तक कि बिस्लेरी की बॉटल नहीं मिल रही कि मंत्री जी इस्तेमाल कर लें। राजधानी में दंगे की स्थिति बनी हुई है। लोग हुजूम लेकर चल रहे हैं, जहाँ पानी मिल रहा है, लूट रहे हैं।"

अब ये बात डीएम किसी से कह नहीं सकता था। डीएम ने चारों तरफ़ नज़र दौड़ाई। एक भी आदमी वैसा नहीं था जिसको वह स्थिति समझा सकता।

छह बज गए थे। सूरज डूबने का नाम नहीं ले रहा था। प्रचंड गर्मी थी और लोगों के पसीने छूट रहे थे। धीरे-धीरे चारों ओर से पानी-पानी की आवाज़ आने लगी। डीएम ने तुरंत अपनी गाड़ी का दरवाज़ा लॉक किया। फिर वह भी दूसरों से पानी माँगने लगा। अपनी गाड़ी का पानी वह बचाकर रखना चाहता था। भीड़ से पानी-पानी की आवाज़ बढ़ने लगी। घर से लाया हुआ सारा पानी लोग पी चुके थे। बोतल बेचनेवाले भी बेचकर निकल चुके थे।

सांसद उठकर खड़े हो गए और क्रोध में अपने घर जाने लगे। "बिना प्यास बुझाए कौन-सा भाषण देंगे मर्दवा? और वो मंत्री भी नहीं आ रहा।"

लोगों ने समझाया कि आपके जाने से हमारा धरना असफल हो जाएगा। "यही मौक़ा है, चाँप दीजिए मंत्री को।"

जनता ने ज़ोर लगाकर सांसद महोदय की जय के नारे लगाए। तब जाकर उन्हें चैन मिला। धीरे-धीरे मंत्री के समर्थक भी सांसद के समर्थकों के पास आकर बैठने लगे थे। पुलिसवाले भी बैरिकेडिंग छोड़कर वहीं बैठ गए। सबको प्यास लगी थी और पानी कहीं नहीं था।

लालपुर समेत आस-पास के सारे गाँवों में ख़बर भिजवाई गई कि थोड़ा भी पानी हो तो दे दें। पर जिसको थोड़ा भी पानी मिलता, वो ख़ुद ही पी जाता था। यहाँ तक लेकर आनेवाला कोई नहीं था। गाँवों में भी लोग बेसुध हालत में पड़े थे।

तभी एक बड़ा-सा टैंकर भीड़ को आता दिखाई दिया। भीड़ से कुछ दूरी पर आकर टैंकर रुक गया। क्योंकि जाने की जगह ही नहीं थी। भीड़ से निकलकर एक लड़का गया और ड्राइवर से पूछा- "क्या है इसमें?"

ड्राइवर ने हाथों से इशारा किया- "दो घूँट जिंदगी की।"

शराब का टैंकर था। लड़के ने हाथ का घूँट बनाकर लोगों को इशारा किया। यही तो लोग सुनना चाहते थे, कुछ भी हो पीने के लिए।

लोगों को इतनी प्यास लगी थी कि तमाम लोग टैंकर पर चढ़ गए। उसे खोल दिया और जिसको जितनी घूँट पीनी थी, पीना शुरू कर दिया। कुछ ही देर में सारी भीड़ मतवाली होकर बैठी थी।

सांसद महोदय ने तो इतना पी लिया कि धोती-कुर्ता उतारकर कच्छे में घूमने लगे। भीड़ पागल होकर लोटने लगी। डीएम के सामने ही पूरे क्षेत्र की जनता पीकर लालपुर गाँव के बाहर उधम मचाने लगी।

डीएम ने सिगरेट सुलगा ली। तभी मंत्री का हेलिकॉप्टर उतरा। डीएम सिगरेट के धुएँ के छल्लों में साफ़ देख रहा था कि मंत्री उसकी तरफ़ ही आ रहा है। नाचती हुई भीड़, पागल बने लोग। पानी के लिए तरसते लोग, पानी न मिलने से फ़ारिग न होता हुआ मंत्री। राजधानी में पानी की क़िल्लत। उसकी अपनी गाड़ी में पानी की बोतलें। प्रचंड गर्मी। भैंसा। बूढ़ा जिसने डीएम से ही पानी माँग लिया। धुएँ के छल्लों में लिपटा डीएम का चेहरा क्रोध से लाल हो गया। मंत्री के पास आते ही उसने कस के थप्पड़ जड़ दिया- "तुम्हारे जैसे लोगों की वजह से ही ये स्थिति पैदा हुई है। सिर्फ़ चुनाव, सिर्फ़ चुनाव। एक पॉलिसी नहीं बनाई जनता के पानी संरक्षण के लिए।"

किसी ने डीएम को झिंझोड़ा। मंत्री जी आ गए हैं, हेलिकॉप्टर उतर गया है। आपको खोज रहे हैं। जल्दी चलिए। मंत्री ने डीएम को आता देख चैन की साँस ली- "ये सब क्या हो रहा है राजदीप बाबू? ये सारे लोग झूम क्यों रहे हैं?"

डीएम ने जवाब दिया- "महोदय, ये माननीय सांसद की कृपा है। उनके विराट स्वरूप का दर्शन कर लोग कृत-कृत हो रहे हैं। मैंने तो आपके विज़िट के लिए लालपुर गाँव में इंतज़ाम किया ही था। लेकिन माननीय सांसद अपने समर्थकों के साथ यहाँ आ गए। प्रतीत हो रहा है कि किसी ने शराब का एक टैंकर भी यहाँ पर मँगवा दिया है। हम इस मामले की जाँच करेंगे।"

मंत्री मुस्कुराया- "नहीं, इसकी जाँच हम ख़ुद करेंगे। तुमने मेरे लिए बहुत अच्छा काम कर दिया है।"

इतना कहते हुए मंत्री ने लोगों को संबोधित करना शुरू कर दिया- "मैं आश्वासन देता हूँ कि कल के कल यहाँ पर हर गाँव में मदिरा की एक दुकान खुल जाएगी। पानी के नाम पर तांडव करने वाले मक्कार नेताओं को अब यहाँ जगह नहीं मिलेगी। जनता के दुख-दर्द को समझने वाले नेता ही यहाँ का उद्धार कर पाएँगे।"

लोगों ने ज़ोर से फ़रमाइश की- "दुकान तो कल खुलेगी। एक टैंकर तो अभी मँगवा ही दीजिए। प्यास अभी बुझी नहीं है।"

माननीय सांसद को ये बात नागवार गुज़री। उन्होंने मंत्री के सामने जाकर कहा- "मक्कार, जनता को बेवक़ूफ़ बनाने का ठेका ले लिया है तुमने? अगर एक लफ़्ज़ और मुँह से निकाला तो मार जूता मुँह लाल कर दूँगा।"

सांसद का वाक्य पूरा होने से पहले ही मंत्री ने दाहिने पैर का लेदर जूता निकालकर सेकेंड में दस के हिसाब से गिनकर सांसद के कपाल पर रख दिए। दोनों पक्षों के समर्थकों में भयानक हाथा-पाई होने लगी। चारों ओर से एक-दूसरे की जनानी पीढ़ियों को अलग-अलग तरीक़ों से संबोधित किया जाने लगा।

ये सब कुछ टीवी पर टेलीकास्ट किया जाने लगा था। टैंकर से मदिरा पीने की बात सुनते ही सारे चैनल वाले जमा हो गए थे। इससे पहले मंत्री जी की सख़्त हिदायत थी कि पानी की समस्या को वह हल कर लेंगे अतएव उसे

टीवी पर दिखाए जाने की ज़रूरत नहीं है। टीवी वाले अन्य समस्याओं को दिखाएँ जिन्हें हल नहीं किया जा सकता था। पर मदिरा वाली बात पर न तो कोई इंस्ट्रक्शन आया था, न ही ये छुपाए जाने लायक़ बात थी। इस चीज़ को दिखाने के लिए टीवी वाले एवरेस्ट पर भी चढ़ सकते थे। लिहाज़ा मंत्री और माननीय सांसद के बीच युद्ध को हर जगह दिखाया जाने लगा।

इस अफरा-तफरी में डीएम चुपके से अपनी कार के पीछे चला गया। वहाँ फटाफट उसने एक पानी की बोतल निकाली और कई घूँट गटक गया। दिन भर में पहली बार पानी पीने का मौक़ा मिला था। पानी पीकर साँस लेते ही उसके सामने लालपुर का बूढ़ा आ खड़ा हुआ। उसने बहुत गंभीरता से कहा- "मुझे पहले ही यक़ीन था कि आप ही पानी पिला सकते हैं। इसीलिए गाँव में भी मैंने आपसे ही पानी माँगा था।"

डीएम ने लाचार होकर बोतल उसे पकड़ा दी। एक टीवी वाला डीएम के पीछे-पीछे आया था। जनता के प्रति उदारता की इस घटना को उसने अपने चैनल पर एक्सक्लूसिव बनाकर पेश कर दिया- 'मंत्री और सांसद पिला रहे मदिरा, डीएम ने प्यासे बूढ़े को अपने हाथों से पानी पिलाया।'

अँग्रेज़ी में हेडलाइन फ़्लैश होने लगी- 'डीएम ऑफ़ लालपुर स्मैशेज़ कास्ट बैरियर, क्लास बैरियर, सेट्स हाई स्टैंडड्र्स फ़ॉर पब्लिक सर्विस।'

तमाम रिटायर्ड अधिकारी टीवी चैनलों पर आकर मंत्री और सांसद की भर्त्सना करने लगे और डीएम की बड़ाइयाँ होने लगीं।

स्थिति को अपने हाथ से फिसलता देख माननीय मुख्यमंत्री ने डीएम को फ़ोन लगाया- "कलक्टर साहब, बहुत कर ली नौकरी आपने। अब कुछ जनता की सेवा कीजिए।"

डीएम को कुछ समझ नहीं आया- "सर, आदेश करिए।"

मुख्यमंत्री ने कहा- "आप वॉट्सऐप पर इस्तीफ़ा भेजो। तत्काल प्रभाव से हम आपको राज्य का गृहमंत्री नियुक्त करते हैं। अब राज्य को आप जैसे युवाओं की ज़रूरत है।"

डीएम का स्वर भर्रा गया- "सर, हमसे कुछ ग़लती हो गई है क्या?"

मुख्यमंत्री ने प्यार भरे कड़े स्वर में कहा- "ग़लती अब कर रहे हैं आप, देरी कर के। फटाफट भेजिए। मैं न्यूज़ चैनल को बाइट दे रहा हूँ।"

गृहमंत्री बनने के तुरंत बाद भगवान का नाम लेकर डीएम ने प्रत्यंचा चढ़ाई और तीर सीधा धरती के गर्भ में मार दिया। वहाँ से पानी का सोता फूट पड़ा। इतना ख़ूबसूरत पानी, इतना ख़ूबसूरत पानी कि देखने वालों की आँखें चौंधिया गईं। पानी पी-पीकर लोग तृप्त हो गए। ये अक्षय पानी का भंडार था। डीएम ने हाथ हिलाकर लालपुर के लोगों से कहा- "जितनी मर्ज़ी हो, पी लो, नहा लो, फेंक लो। ये ख़त्म नहीं होने वाला।"

इसके बाद डीएम ने सिगरेट सुलगा ली। धुएँ के छल्लों से वो भीड़ को बच्चों की तरह खेलते देखता रहा। तभी किसी ने उसे पकड़कर झिंझोड़ दिया- "सर, मुख्यमंत्री जी आपको राजधानी बुला रहे हैं। मंत्री जी का हेलिकॉप्टर तैयार है, आपको उसी से निकलना है।"

डीएम की तंद्रा टूटी और वह भागा वहाँ से।

इस ज़िले के अपने पहले दौरे में नए गृहमंत्री ने पाया कि सरकारी अधिकारी अपना काम ठीक से नहीं कर रहे हैं। इस ज़िले की मुख्य समस्या को दरकिनार कर वो लगातार पानी का मुद्दा उठा रहे हैं।

प्रेस विज्ञप्ति

एतदद्वारा सर्वसाधारण को सूचित किया जाता है कि इस ज़िले की मुख्य समस्या है पलायन। सबसे पहले यहाँ से स्त्रियाँ पलायन कर रही हैं। क्योंकि एक विशेष संप्रदाय के लोग औरतों को छेड़ रहे हैं। इसके बाद यहाँ से बहुत सारे संभ्रांत परिवार अपने-अपने बड़े-बड़े घर छोड़कर जा चुके हैं। एक विशेष संप्रदाय की वजह से। तो सबसे पहले यहाँ पर असामाजिक तत्वों के एनकाउंटर की आवश्यकता है ताकि तत्काल प्रभाव से स्थिति को नियंत्रण में लाया जा सके। लंबे समय तक सामाजिक समरसता बनाए रखने के उद्देश्य से यहाँ एक भव्य चौपाल के निर्माण की आवश्यकता है। जहाँ पर सुधिजन जाकर ढोल-मंजीरा समेत प्रभु की प्रार्थना कर सकें।

जहाँ तक पानी का सवाल है, सरकार सबके घरों में सबमर्सिबल पंप लगाएगी। अगर पानी दस हज़ार फ़ीट पर मिल रहा है, तो सरकार इज़राइल और स्वीडन दोनों देशों द्वारा मिलकर बनाए पंप लगाएगी जो पंद्रह हज़ार फ़ीट से भी पानी निकालेगा। कहने का मतलब कि सरकार का विज़न आने

वाले बीस वर्षों का है। पानी दस से आगे जाकर बीस हज़ार फ़ीट भी पहुँचेगा तो ये पंप पानी देंगे सबको। सबके घरों में रोटी होगी। सारे किसान गन्ने और धान की खेती कर पाएँगे।

अगले साल प्रदेश में चुनाव हुए। नेता तो बहुत थे पर चर्चा थी डीएम राजदीप की जो गृहमंत्री बना था। उसके नाम पर वोट मिले और राजदीप सर्वसम्मति से मुख्यमंत्री चुना गया। जिस दिन माननीय मुख्यमंत्री राजदीप ने शपथ ली, उस दिन लालपुर गाँव में एक बूढ़ा प्यास की वजह से मरा पाया गया था। लालपुर के पूर्व डीएम ने सिगरेट सुलगा ली। सिगरेट से निकलते स्याह रंग के गाढ़े धुएँ के बीच वो बूढ़ा काफ़ी ग़ुस्से में उसकी तरफ़ आता दिख रहा था।

फ्रेंडज़ोन

मत्स्यावतार

आसमान से तारा टूटा तो लगा कि सीधा रमेश के कपार पर गिरेगा। दिल्ली के गणेश नगर के एक पाँच मंज़िला मकान की खुली छत पर लेटा हुआ रमेश उठकर बैठ गया। उसकी बग़ल में लेटी माधुरी ने तुरंत उसका हाथ पकड़कर अपनी हथेलियों से दबाया और इशारा किया कि टूटते तारे से कुछ माँग लो, मुराद पूरी हो जाएगी। दोनों ने अपनी आँखें बंद कर लीं। जब रमेश ने अपनी आँखें खोलीं तो पाया कि माधुरी सो चुकी थी।

रमेश की आँखों से नींद तो कई महीने पहले चली गई थी जब माधुरी ने उससे साफ़-साफ़ कह दिया था कि मैं तुम्हें प्यार तो करती हूँ लेकिन एक दोस्त की तरह। इस वाक्य का अर्थ समझने के लिए रमेश ने 'उपनिषद्', 'रामचरितमानस', 'द सीक्रेट' से लेकर 'द सटल आर्ट ऑफ़ नॉट गिविंग ए फ़क' तक की किताबों का अध्ययन किया था। उसने स्त्रीरसिकों और स्त्री संसर्ग का गूढ़ ज्ञान रखनेवाले अपने मित्रों से कंसल्ट भी किया, पर उन्हें कोई टिप्स देने से ज़्यादा इंट्रेस्ट 'कौन है वो बदनसीब' वाले सवाल में था। रमेश

को उत्तर मिलता प्रतीत नहीं हो रहा था। अंत में उसने थक-हारकर माधुरी से ही पूछा था- "क्या है इसका मतलब ?"

माधुरी ने अपने मृगनयनों को नचाते हुए, रमेश की आँखों में देखते हुए, अपनी गर्म साँसें उसके गालों पर छोड़ते हुए उसके कान में धीरे से कहा- "तुम दुनिया के सबसे क्यूट लड़के हो।" फिर थोड़ी गंभीरता से उसके चेहरे से दूर जाते हुए बोली- "सबसे इंटेलिजेंट भी। वक़्त आएगा तो ख़ुद जान जाओगे। फ़िलहाल इतना जान लो कि हर सवाल का जवाब नहीं होता।"

इसके बाद माधुरी की आँखों से टप-टप आँसू गिरने लगे- "मैं सोचती थी कि दोस्तों के साथ शेयर करके मैं अपना दुख-दर्द कम कर लूँगी। लेकिन मेरे सबसे अच्छे दोस्त को अपनी ही समस्याओं से फ़ुर्सत नहीं है। तुम्हें पता है न कि मैं अपनी ज़िंदगी में किन-किन चीज़ों से गुज़र रही हूँ ? क्या मैं इतनी बुरी हूँ ? मेरे साथ ही क्यों होता है ऐसा ?"

रमेश का दिल अपराधबोध से क्रंदन कर उठा। उसे याद आया कि माँ सही कहती थी कि रमेशवा बहुत क्रूर हृदय का है, त्रिछोल निर्दयी। बताओ, रमेश एक लड़की का हृदय नहीं पढ़ पा रहा। वह इतने दुख से गुज़र रही है, रमेश को अपना मानकर अपना दुख शेयर करती है, पर रमेश को अपनी ही समस्याओं से फ़ुर्सत नहीं है। उसने माधुरी का चेहरा अपने हाथों से ढक लिया। उसका सिर अपने कंधे पर रख लिया। माधुरी उससे चिपक गई और अपने आँसुओं से उसकी शर्ट को भिगो दिया।

रमेश को एहसास हुआ जैसे दुनिया में प्रलय आ गया है। जलप्लावित संसार में एक ही नाव है जिसे रमेश खे रहा है और उसकी प्रेयसी उसके प्रेम में मदहोश चाँद-तारों की ख़ूबसूरती निहार रही है। प्रेम हो तो ऐसा जिसमें प्रलय के दौरान भी प्रणय के बारे में सोचे प्रेयसी। रमेश को लगा था जैसे वे दोनों आदम और हौव्वा हैं और सृष्टि की रचना करने के लिए उनका मिलन हुआ है।

तभी माधुरी उठ गई। उठी ही नहीं, खड़ी हो गई- "रमेश यार, लेट हो गया आज। मुझे छोड़ दो।"

रमेश की भी तंद्रा टूटी। अभी तक उसे आस थी कि माधुरी उसी के फ़्लैट में रुक जाएगी और एक रात उसे निहारते हुए रमेश निकाल लेगा। अगली

सुबह इस पर वह कविताएँ लिखता और अगली रात माधुरी को भेजता। इस आस के टूटने के साथ ही रमेश के शरीर का सारा रक्त इकट्ठा होकर गले तक आ गया। उसका गला रुँध गया और स्नायु तंत्र के दबाव की वजह से आँखों से धुँधला दिखाई देने लगा। ऐसा लगा जैसे उसका कलेजा धीरे-धीरे गल रहा हो। अचानक जैसे उसके मस्तिष्क से लेकर हृदय तक का हिस्सा किसी ने फावड़े से काढ़कर अलग कर दिया हो।

रमेश ने एक आख़िरी कोशिश की- "इतनी रात हो गई है। तुम मेरे यहाँ क्यों नहीं रुक सकती? क्या दिक़्क़त है? क्या मैं तुम्हें रेपिस्ट नज़र आता हूँ?"

माधुरी अपने जूते पहनते हुए बोली- "फ़ालतू की बातें मत करो। तुम्हें क्या लगता है कि मेरा रेप हो जाएगा और मैं होने दूँगी? मार के नाक नहीं तोड़ दूँगी?"

फिर धीरे से उसने रमेश की नाक हिलाते हुए कहा- "तुम रेप कर ही नहीं सकते।" फिर रमेश की आँखों में देखते हुए चुहल से बोली- "एक्चुली, तुमसे रेप भी नहीं हो पाएगा।"

रमेश लज्जा से भीग गया। उसके कपोलों पर स्नायुतंत्र ने अचानक हमला कर दिया और वो लाल हो गए। आँखों में हर्ष और विषाद मिश्रित पानी तैर उठा। ऐसा लगा जैसे किसी ने उसके मस्तिष्क से लेकर हृदय तक का हिस्सा फावड़े से वापस रख दिया हो। कटे हुए गड्ढे के भरने जैसा लग रहा था। ऐसा लगा जैसे इस जलप्लावित दुनिया में वह मछली की तरह अकेला तैर रहा है।

कच्छपावतार

कई दिन हो गए, माधुरी का कुछ पता नहीं चला था। रमेश के हर मैसेज का जवाब माधुरी 'हाँ, बताओ' से शुरू कर 'hmmm' से ख़त्म कर रही थी। रमेश बार-बार छत वाली रात के बारे में सोचता, उन लम्हों को याद करता जिनके लिए बड़े-बड़े कवियों ने कविताएँ लिखी थीं। वह महसूस करता कि उसके जैसे प्रेमियों के लिए ही तो ये कविताएँ लिखी गई थीं। वह

कितना भाग्यशाली है कि उसे इन लम्हों को जीने का मौक़ा मिला। कवि तो बस प्रेम के ऊपर कविता लिखते हैं, महसूस तो उन्हें घंटा कुछ नहीं होता। महसूस होता तो कविता नहीं लिखते। रमेश ये भी सोचता कि उसने कोई ग़लती कर दी क्या! उसे रेप वाली बात के जवाब में क्या कहना चाहिए था। क्या माधुरी का हाथ पकड़ लेना चाहिए था और स्टाइल में प्रणय निवेदन करना था? नहीं-नहीं, वो बुरा मान जाती और कहीं चिल्ला पड़ती तो क्या होता? क्या माधुरी ने कोई हिंट दिया था? जो भी हो, माधुरी बताती क्यों नहीं? कुछ तो गलती हुई है रमेश से, तभी वो जवाब नहीं दे रही। उसे लगा कि वह एक कछुए की तरह बीच सड़क पर चला जा रहा है और हर सवारी जान-बूझकर उसकी पीठ पर से गाड़ी चढ़ाकर ले जा रही है, hmmm की आवाज़ करते हुए।

तभी माधुरी का वॉट्सऐप आया- 'Come fast. Am at home. In trouble.'

रमेश का मन किसी अनजानी आशंका और अनजानी ख़ुशी से काँप उठा। फटाफट उसने हाथ-मुँह धोया। क्रीम लगाई और ख़ूब ढेर सारा इत्र। जब तक वो हैंडसम बनकर निकला उसके वॉट्सऐप पर '???' वाले बीस मैसेज आ चुके थे। कुछ स्माइली भी थीं जिनसे माधुरी के क्रुद्ध होने का पता चल रहा था। रमेश बाइक से दनदनाते हुए माधुरी के घर पहुँचा। रास्ते में उसने कुछ लाइनें सोच ली थीं जो वह माधुरी को बताने वाला था। कि मैं तो अपनी मम्मी के काम से गया हुआ था, मौसी के गहने लाने। पर तुम्हारा मैसेज आते ही सुनार को बोला कि भाई, तू भाई का सामान रख, अभी कुछ अर्जेंट है। सोने से भी ज़्यादा महँगा और ज़रूरी। मैं बाद में आता हूँ, पहले अपने जीवन का ज़रूरी काम निपटा लूँ। दुकानदार समझ गया और उसने सलाम ठोंका कि ऐसी दोस्ती पर तो मेरी दुकान क्या जान भी क़ुर्बान।

रमेश जब माधुरी के घर पहुँचा तो दरवाज़ा खुला हुआ था। घर पर माधुरी के अलावा परिवार में कोई नहीं था। बस माधुरी का ब्वॉयफ्रेंड अनुज बैठा था। अनुज के चेहरे पर क्रोध और फ्रस्ट्रेशन साफ़-साफ़ देखी जा सकती थी। माधुरी अस्त-व्यस्त-सी हुई रोनी शक्ल बनाकर खड़ी थी। माधुरी ने रमेश को देखते ही कहा- "प्लीज़, तुम कुछ देर बाहर वेट कर लो। मम्मी आती दिखें

तो तुरंत बता देना। अनुज मान ही नहीं रहा, उसे मुझसे कुछ बात करनी है। मैं कह रही हूँ कि मम्मी देख लेंगी तो आज दो में से किसी एक की जान जाएगी।"

रमेश बाहर दरवाज़े पर बैठ गया। ऐसा लगा जैसे उसकी पीठ पर कोई चक्की चला रहा हो। उसने सोचा था कि घर में घुसते ही स्टाइल से माधुरी के फ्रिज़ से पानी निकालकर पिएगा। थोड़ा खिड़की की तरफ़ जाएगा, थोड़े डायलॉग मारेगा। पर यहाँ किसी ने पूछा तक नहीं। फिर उसे अचानक ख़याल आया- 'दो में से किसी एक की जान जाएगी। ये दो कौन हैं? अनुज और रमेश?' उसका मन सिहर गया।

कुछ देर में आवाज़ें आने लगीं। चटाक-चटाक। तड़-तड़। शीशे का ग्लास फूटने की भी आवाज़ आई। रमेश की हिम्मत नहीं हुई कि दरवाज़ा खोलकर देखे। अचानक दरवाज़ा धड़ से खुला और अनुज गालियाँ देता हुआ बाहर आया। दरवाज़े पर आकर उसने स्टाइल से बोला- "यू आर आउट ऑफ़ माय लाइफ़ फ्रॉम नाव ऑन।"

माधुरी ज़ोर से चीखी- "जस्ट गेट लॉस्ट।"

अनुज- "बिच, यू आर ए कैरेक्टरलेस बिच।"

माधुरी- "गो फ़क योरसेल्फ़।"

अनुज- "आय डोंट हैव अ डर्थ ऑफ़ हॉट गर्ल्स। यू आर अ यूज़ेबल मैटीरियल। आय डोंट गिव ए फ़क टू यू।"

इसके बाद माधुरी ज़ोर-ज़ोर से रोने लगी। अनुज अपनी विजय पर मुस्कुराता हुआ निकल गया।

रमेश का मन हुआ कि उठकर अनुज को तमाचा जड़ दे। पर मन के कोने में ये भी लगा कि ख़ामख़्वाह बात बढ़ जाएगी और कहीं अनुज ने उल्टा पीट दिया तो उसे भी तुरंत यहाँ से बैरंग वापस जाना पड़ेगा। फिर उसने अपने मन को सांत्वना दी कि अगर वह अनुज को पीटकर उसकी ग़लती का एहसास करा देता तो ये और भी बुरा होता। पता चलता कि फिर अनुज और माधुरी बेडरूम में बैठे हुए हैं। रमेश ने सोचा कि कछुए की तरह चुपचाप पीठ मज़बूत कर बने रहने में ही भलाई है।

माधुरी बहुत देर तक रमेश के गले लगकर रोती रही और अंत में उसने

कहा- "मम्मी के आने का टाइम हो गया है, तुम निकलो अब।"

रमेश जब बाइक पर बैठ रहा था, माधुरी दौड़कर उसके पास आई और गले लग गई- "हे, थैंक्स फ़ॉर एवरीथिंग। आई लव यू।"

रमेश की गाल पर एक हल्की-सी गीली पप्पी देकर माधुरी अपने कमरे में चली गई। रमेश ने महसूस किया कि जलप्लावित दुनिया में वह धीरे-धीरे तैरने का आनंद ले रहा है।

वराहावतार

शाम को रमेश ने माधुरी को वॉट्सऐप किया- "फ्रेंड्स कैफ़े। वेटिंग देयर फ़ॉर यू।"

कुछ ही देर में माधुरी अपनी सहेलियों पलोमा और चार्वी के साथ वहाँ पहुँच गई। माधुरी ने रमेश से दोनों का परिचय कराया।

पलोमा तुरंत सहज हो गई- "हे रैमी, यू नो। चार्वी के साथ रेस्टोरेंट में जाओ तो कहती है कि रेस्टोरेंट हॉपिंग करेंगे। भई, रेस्टोरेंट में आदमी खाने जाता है, विंडो शॉपिंग करने थोड़ी जाता है।"

रमेश हँसता रहा- "माधुरी की भी यही आदत है।"

पलोमा- "पिछली बार जब मैं और चार्वी गए थे यम-यम में तो चार्वी ने हंगामा कर दिया। भूख लगी है, भूख लगी है। सुशी मँगवाओ। वेज सुशी। भई, कोई ये तो बताए कि वेज सुशी क्या होता है? ख़ैर, हमने मँगवा लिया। आते ही एक बाइट ली और कहती है कि राइस थोड़ा स्टिकी है। है ना? मैंने बोला, हाँ, तो? दो बाइट लेने में पंद्रह बार इसने कह दिया कि राइस स्टिकी है। उसके बाद बोलती है मेरा हो गया।"

रमेश- "हा हा हा... माधुरी भी ऐसे ही करती है। ये जो गोरे लोग होते हैं ना, जिनके गाल लाल होते हैं, वो ऐसे ही करते हैं। मैं और माधुरी जितनी बार बार्बेक्यू नेशन गए हैं, माधुरी दो बाइट लेकर अचानक कह देती है- मेरा हो गया। अरे भई, मुझे तो खा लेने दो। लेकिन नहीं, मेरे पीछे भी पड़ जाती है कि चलो, चलो।"

पलोमा- "हा हा हा... बिलकुल सही ऑब्जर्वेशन है तुम्हारा।"

पलोमा ने चार्वी और माधुरी दोनों को कुहनी मारी। माधुरी शरमा गई।

रमेश- "मैंने एक चीज़ नोटिस की है। ये गोरे लोग पहले खाना ऑर्डर करते हैं, फिर टेस्ट करके बताते हैं कि खाएँगे या नहीं। हम थोड़े मज़दूर वर्ग के लोग हैं। खाना ऑर्डर करते हैं और खा ही लेते हैं। हमारे लिए खाना ख़राब नहीं होता, थोड़ा कम अच्छा होता है। हमारे लिए खाना ख़राब कहना बहुत बड़ी बात होती है। इनके लिए पहला निर्णय ही यही होता है कि खाना ख़राब है, मेरा हो गया। अरे भई, तो ऑर्डर ही क्यों किया?"

अबकी माधुरी बोल पड़ी- "तो मतलब इतने दिन से मन में तुम ये बात दबाए बैठे थे? मैं ऑर्डर करके खाना बरबाद कराती हूँ?

रमेश का खाना हलक़ तक ही अटक गया- "अरे मैं तो मज़ाक़ कर रहा था। बताओ आप लोग, डेज़र्ट में क्या लोगे? यहाँ का बुल्गारियन केक बहुत फ़ेमस है।"

चार्वी ने तुरंत निर्णय लिया- "हाँ हाँ, यही मँगाते हैं।"

किसी के कुछ कहने से पहले ही रमेश ने तीन हज़ार चार सौ पचासी रुपये का बिल पे कर दिया और बचे हुए खाने को पैक करने को बोल दिया। चार्वी और पलोमा अपना कार्ड लेकर रमेश को पे करने के लिए बोलती रह गईं पर वह नहीं माना। हँसकर एक गंभीर मुद्रा में बोला- "ये क्या बात होती है! हो गया पे। पैसे नहीं रहते तो मैं माँग लेता। ख़ुशी बस इस बात की है कि माधुरी का मूड अच्छा हो गया।"

पलोमा और चार्वी ने ऑऑऑ की ध्वनि कई बार निकाली और समवेत स्वर में कहा- "सो क्यूट। यू आर लकी माधुरी।"

नरसिम्हा

शाम ललाई और पीलापन लिए होली जैसी लग रही थी। डूबता हुआ गाढ़ा नारंगी सूरज भाभी के फेंके रंगों से नहाया हुआ देवर लग रहा था जो भाँग खाकर क्षितिज पर हिचकोले ले रहा था। बाइक चलाते हुए बरबस रमेश के मुँह से फूट पड़ा- "पनिया के मत जा अकेला झरेला, पनिया के मत जा अकेला। ओही पनिया पनवड़िया के डेरा। ओही पनिया पनवड़िया के डेरा।

पनवा खियाय रस लेला, होओओ पनवा खियाय रस लेला झरेला।" तब तक मधुर का अपार्टमेंट आ गया।

मधुर और मधुर के चार चेले पूरे शहर में कुख्यात थे। अपने फ़्लैट में पड़े-पड़े इनको सारे जहाँ की ख़बर रहती थी। गाँजा के धुएँ में टिमटिमाता हुआ लाल और नीले रंग का बल्ब इनके कमरे को किसी बार जैसा लुक प्रदान करता था। इनके फ़्लैट का दरवाज़ा भी गाँजे के नशे में रहता था। चाहे कितनी भी जल्दी हो, खुलेगा धीरे-धीरे। रमेश के फ़्लैट में घुसते ही सूरज सरसराकर डूब गया और चारों ओर अँधेरा छा गया।

रमेश ने मधुर के पैर छुए और दम भरने लगा। पाँचों लड़के रमेश को देख रहे थे। आज जो ऊर्जा थी, वो पहले कभी नहीं दिखी थी। मधुर ताड़ गया- "का बात है गुरू ? मैदान मार लिए, लगता है !"

रमेश मुस्कुराया। मधुर ने उसकी आँखों में देखते हुए कहा- "अनुज भी आया था। तुमने तो उसका पत्ता काट दिया।"

रमेश ने ठंडी साँस ली और दार्शनिक अंदाज़ में बोला- "ऐसी कोई बात नहीं है। अनुज और माधुरी के बीच मैं कभी नहीं आया। मैं माधुरी का दोस्त हूँ और माधुरी मेरी। मैंने अनुज को लेकर कभी कोई ऐसी बात नहीं की माधुरी से, ना ही कभी पूछा।"

मधुर ने सीधा सवाल किया- "तो आप क्या पूजा करने के प्रयास में हैं ? माधुरी जी की मूर्ति बनवाएँगे ? सीधा-सीधा क्यों नहीं बोलते कि उससे प्यार करते हो और अनुज का पत्ता काटना ही चाहते थे ?"

रमेश एकदम दृढ़ रहा- "मैं माधुरी का दिल नहीं तोड़ सकता। मैं बस अपनी दोस्ती निभा रहा हूँ। मैं माधुरी को उस नज़र से नहीं देखता।"

मधुर का धैर्य जवाब दे गया- "तो किस नज़र से देखते हो ?"

रमेश- "उस नज़र से, जिस नज़र से तुम कभी देख ही नहीं सकते।"

मधुर- "मैं किस नज़र से देखता हूँ ?"

रमेश- "उस नज़र से, जिस नज़र से देखते ही मधुरिमा आपको छोड़कर चली गई।"

थोड़ी देर सन्नाटा रहा। बाक़ी चारों लड़कों ने दम लगाना रोक दिया। गँजेड़ी गाँजा पीना रोक दे और हाथ में सुलगती हुई चिलम लेकर तमाशा

देखने लगे तो समझ जाना चाहिए कि कुछ बड़ा होने वाला है। मधुर ने आग्नेय नेत्रों से रमेश की तरफ़ देखते हुए कहा- "सुन बे चुगद! मधुरिमा से मैं प्यार करता था और मैं अपने प्यार की तौहीन नहीं करता। मैंने साफ़-साफ़ कह दिया था कि अगर वो किसी और को पसंद करती है तो चली जाए। वो चली गई। मुझे इसका मलाल नहीं। मैं तुम्हारी तरह सिहुर-सिहुर नहीं कर सकता कि दोस्ती-दोस्ती करते हुए वासना की आग में जलते रहो और ख़ुद को पतिव्रता मर्द बनाकर संस्कारी पेश करते रहो। अरे, तुम प्यार-व्यार नहीं करते। जिस्मानी सुख चाहिए तुम्हें। वो भी एक बार। भोग लिए, बस माधुरी गई भाड़ में। तुम्हारे अंदर रत्ती भर सच्चाई नहीं है। रहती तो अनुज यूँ फ्रस्ट्रेट नहीं होता। तुम्हारी वजह से माधुरी ने अनुज को फ्रस्ट्रेट किया है और हैरानी की बात ये है कि माधुरी को ख़ुद पता नहीं।"

रमेश मुस्कुराया- "आप नहीं समझोगे मधुर भाई। मुझे आपसे संवेदना है।"

अब वहाँ बैठने का कोई मतलब नहीं रह गया था। जाते-जाते रमेश ने मधुर की तरफ़ अर्थपूर्ण निगाहों से देखा- "अपना-अपना सच सब जानते हैं। अपने हिस्से का सच मैं जानता हूँ। मुझे आपके ज्ञान की कोई ज़रूरत नहीं है।"

दोस्ती की दीवार नाख़ून के एक झटके से फट गई। ऐसा लगा जैसे रमेश ने मधुर की दोस्ती को अपनी जाँघ पर रखकर फाड़ दिया हो।

वामनावतार

मधुर की बात रमेश भूल नहीं पाया। सच तो यही था कि अनुज के रहते रमेश हमेशा दोयम दर्जे पर ही रहता। पर एक दिक़्क़त थी। माधुरी ने उसका प्रणय निवेदन कभी स्वीकार नहीं किया था। उसने ठान लिया कि वह माधुरी का प्रेम पाकर रहेगा। ब्रेकअप हुआ है, मुझसे दोस्ती है ही। मेरे क़रीब रहती ही है। मुझसे प्यार क्यों नहीं कर सकती माधुरी?

देर रात तक माधुरी से वॉट्सऐप पर बातें होती रहीं। कमरे की बत्ती बुझाकर रमेश ने दरवाज़ा बंद कर लिया। उसके माँ-बाप भी सो गए। माधुरी

के कमरे में उसके माँ-बाप तो घुसते भी नहीं थे। धीरे-धीरे पूरी दुनिया शांत हो गई। चाँद एकाग्रचित्त होकर सूरज का ध्यान करने लगा। तारे टिमटिमाना बंद कर अँधेरे में लुप्त हो गए। जब ऐसा लगा कि धरती भी विराम ले रही है, तब सिर्फ़ वॉट्सऐप चलता रहा।

माधुरी- "रात हो गई है, अब सो जाते हैं।"

रमेश- "सो जाते हैं? और कौन है तुम्हारे पास? प्लूरल में बोल रही हो।"

माधुरी- "गंदे हो तुम। (थोड़ा रुककर) तुम हो मेरे पास। और कौन है!"

रमेश- "तो फिर मैं गुदगुदी कर रहा हूँ।"

माधुरी- "कहाँ?"

रमेश- "पहले तुम्हारी गर्दन में। फिर तुम्हारे कंधों पर। फिर तुम्हारे हाथों पर। तुम्हारी उँगलियों पर। अब तुम्हारी बग़ल में। अब पेट में ज़ोर-ज़ोर से।"

माधुरी- "बस-बस। इतनी गुदगुदी काफ़ी है। पापा जाग जाएँगे।"

रमेश का मन थोड़ा थम गया।

माधुरी ने गहरी साँस लेकर कहा- "यार, सिग्गी पीने का मन हो रहा है। तलब-सी हो रही है।"

आधे घंटे के अंदर रमेश अपनी खिड़की से नीचे कूदकर घर की बाउंड्री पारकर, माधुरी के घर की बाउंड्री लाँघकर उसकी खिड़की से लटका हुआ सिगरेट पकड़ा रहा था। माधुरी सिगरेट का एक कश ख़ुद लेती, दूसरा कश रमेश के मुँह से लगा देती। इस प्रकार पाँच मिनट में दोनों ने सिगरेट ख़त्म कर ली। पर रमेश का मन था कि ये प्रक्रिया अनवरत अनंतकाल तक चलती रहती तो कितना अच्छा होता। वो सिगरेट जो माधुरी के मुँह से लगकर आ रही थी, उसकी सुगंध कितनी अच्छी थी।

जब जाने की बेला आई तो रमेश ने आँखों में हल्का-सा पानी लाकर माधुरी से पूछा- "जाऊँ?"

"तो क्या रात भर ऐसे ही लटके रहोगे? लटकोगे तो सुबह तक लंबे हो जाओगे।"

"ओके बाय!" कहकर रमेश ने एक हाथ से खिड़की को पकड़े हुए दूसरा हाथ माधुरी की तरफ़ बढ़ाया। माधुरी के हाथ मिलाते ही ज़ोर से पकड़

लिया। रमेश ने उन हथेलियों की गर्माहट को अपने दिल में समेटते हुए कहा- "आई लव यू!"

माधुरी ने कसमसाते हुए अपना हाथ छुड़ा लिया। बोली- "आई लव यू टू माई फ्रेंड! चलो अब जाओ। वरना पापा जाग जाएँगे और बवाल हो जाएगा।" कहते हुए माधुरी ने खिड़की बंद कर ली। रमेश जब माधुरी के घर की बाउंड्री पार कर रहा था, उसे उम्मीद थी कि माधुरी खिड़की पर से झाँक रही होगी। पर ऐसा नहीं हुआ। हाँ, वॉट्सऐप ज़रूर आ गया। कई सारे लव रिएक्शंस। रमेश की हालत वैसी हो गई, जैसी हर वोटिंग के बाद अब वामपंथ की होने लगी है। वोटिंग से पहले लोग उनके भाषण सुनकर लहालोट हो जाते हैं, पर रिज़ल्ट का पता नहीं चलता।

फरसुराम

सुबह-सुबह माँ बिफर पड़ी थी- "उस नागिन मधुरिया के चक्कर में रमेशवा पूरी पढ़ाई-लिखाई नौकरी की तैयारी छोड़-छाड़कर पड़ा हुआ है। रात को ही मुझे अंदाज़ा हो गया था कि ये उसी के चक्कर में घर से निकला है। तुम्हें क्या लगता है बे, मुझे पता नहीं चलेगा? कब पैदा हुआ कब राकस हुआ, तू मुझे समझाएगा? रात को ही तुम्हें बौंड्री टीपते हुए देखा था मैंने। मधुरिया का पियक्कड़ बाप तुमको काट देगा।"

रमेश की गर्दन के बिलकुल पास आ गई माँ- "काट देगा रे। काट देगा। तुमको वोही पियक्कड़वा की लड़की मिली है रे? अरे, उसके चक्कर में तुम नौकरी की तैयारी छोड़, आगे की पढ़ाई छोड़कर बैठा है। कॉलेज ख़त्म हो गया है तुम्हारा। नहीं पढ़ेगा तऽ उसके बाप के भट्टी पर अधिया पर ईंटा ढोएगा रे तुम?"

पापा उधर से बोले- "जाने दो। लड़का है।"

माँ का ग़ुस्सा आसमान चढ़ गया- "बीच में बोलना मत। तुमको जरा भी चिंता है कि लड़का किस हाथ जा रहा है? कल को मधुरिया का बाप तुम्हारा कॉलर पकड़ ले, धक्का-मुक्की कर दे तो क्या इज्जत रह जाएगी? आज बीस साल से इस शहर में मैं इज्जत बनाकर रह रही हूँ। किसी की मजाल है कि

आँख उठाकर देख ले? पर इस रमेशवा के चक्कर में..."

पापा ने आवाज़ तेज़ की- "फेर फालतू बात कर रही हो तुम। जब हम विमला से बात किए रहे, उसके पति के गुजर जाने के बाद हाल-चाल पूछ लिए, तब भी तुम ऐसा ही की थी। किस मिट्टी की बनी हो तुम? तुम्हारा पूरा खानदाने पागल है। तुम्हारी भौजाई ने तुम्हारे घर में आग लगा दी। बस इसलिए कि फ़ोन पर किसी लड़की की कॉल आ गई थी। मैं अपने घर में ये तमाशा नहीं होने दूँगा। लड़का है, जवान है। लड़की से बात कर रहा है। कोशिश कर रहा है। प्रयास में है। क्या बुरा है?"

इन बातों के बाद माँ ने जो घर में किया, वो बताने लायक़ नहीं है। रमेश तब के बाद घर जाने की हिम्मत नहीं जुटा पाया था। उसने सोचा कि रात को ही जाएगा। या फिर मौसी के घर चला जाएगा। दो-चार दिन वहीं रहेगा।

रमेश इतना उखड़ा हुआ था कि बीच में माधुरी के मैसेज भी आए तो जवाब देने का मन नहीं किया। फिर माधुरी के कई मैसेज '???' वाले फ़ॉर्म में आ गए। चिढ़कर रमेश ने फ़ोन का नेट ऑफ़ कर लिया।

रात को जब रमेश घर पहुँचा तो माँ का ग़ुस्सा उतर चुका था। जवान लड़के के मुँह पर झाईं पड़ती देख वह चिंतित हो गई थी। नौकरी पाने की उम्र में वह वॉट्सऐप पर मैसेज भेज रहा था, ये चिंता माँ को खाए जा रही थी। पर घर आ गया, संतोष हो गया। अब रमेश का ग़ुस्सा भी ठंडा हुआ। उसने नेट ऑन किया। एक भी मैसेज नहीं। एक भी कॉल नहीं।

कुछ अनहोनी की आशंका में रमेश ने माधुरी को फ़ोन लगाया। लग ही नहीं रहा। ब्लॉक कर दिया क्या? वॉट्सऐप मैसेज, कॉल, वीडियोकॉल कुछ नहीं जा रहा।

सुबह तो क्रोध के दावानल में रमेश को माधुरी के साथ का रिश्ता आँधी में उड़ते पत्तों की तरह लग रहा था। पर अभी हालत वैसी हो गई थी, जैसी सुनामी के जाने के बाद समंदर किनारे की छोटी-छोटी दुकानों की हो जाती है।

मर्यादावतार

"माँ, एक अँगूठी बनवा लो बहू के लिए", रमेश चहकते हुए बोला।

पोहा और चाय निपटाकर वह बाहर निकल रहा था। माँ सशंकित थी पर हँस रही थी- "बेटा, ये उम्र नहीं है आशिकी करने की। सोलह-सत्रह में ठीक लगता है। चौबीस-पच्चीस में आदमी थोड़ा थिर-गंभीर हो जाता है।"

रमेश ने माँ का हाथ पकड़ लिया- "पचास-साठ में आदमी और समझदार हो जाता है, पहले से अँगूठी बनवा के रखता है।"

जब माधुरी से बात करने के सारी तरकीबें फेल हो गईं तो रमेश सीधा उसके घर जा पहुँचा। दरवाज़ा खुलते ही माधुरी ने पूछा- "अरे रमेश, एकदम अचानक? बताओ क्या काम है?"

रमेश थोड़ा मुस्कुराया, थोड़ा शरमाया, थोड़ा झिझका, फिर बोला- "अरे, मैं तो ऐसे ही आया था मिलने। इधर से गुज़र रहा था।"

माधुरी ने दरवाज़ा पूरा खोला- "आ जाओ अंदर। माँ, ये रमेश है। हम साथ पढ़ते थे कॉलेज में। अलग-अलग सेक्शन में थे। रमेश इधर ही आया था तो घर चला आया। रमेश, चाय पियोगे या कॉफ़ी?"

रमेश कुर्सी पर बैठते हुए बोला- "कॉफ़ी।"

माधुरी के माँ और बाप से बात करते हुए बहुत देर हो गई थी। माँ अपनी बाग़बानी के बारे में बता रही थीं। बाप अपने दारू के क़िस्से सुना रहे थे। ये भी बता रहे कि सिर्फ़ दारू पीने की वजह से इस शहर के लोग उन्हें ख़राब आदमी मानते हैं। पर उन्हें दारू का शौक़ है और वो भाँति-भाँति की शराबों के बारे में अच्छा ख़ासा ज्ञान रखते हैं। आजतक उनका एक टंटा नहीं हुआ है शराब पीकर।

माधुरी बीच-बीच में अपने कमरे में जा रही थी और फिर वापस आ जा रही थी। कई बार रमेश को ऐसा लगा कि माधुरी उसे अपने कमरे में ले ही जाने वाली है, पर ऐसा हुआ नहीं।

रमेश ने वॉट्सऐप पर दो बार मैसेज किया- "क्या करना है माधुरी?" पर उसने मैसेज देखा तक नहीं। अपना रोजमर्रा का काम निपटाती रही, क्रिकेट मैच के बारे में बात करती रही। माँ-बाप की बातों पर हँसती रही। अंत में बुरी तरह फ्रस्ट्रेट होकर रमेश ने विदा माँगी। पर माधुरी की मम्मी अड़ गईं कि लंच करके ही जाना होगा।

रमेश माधुरी का व्यवहार समझ नहीं पा रहा था। जब वह अपने कमरे

में ले जाकर अलग से बात नहीं करेगी तो यहाँ बैठने का क्या फ़ायदा। वह टाइमपास करने थोड़ी आया था! फ़ोन बंद, कोई कॉल मैसेज नहीं और रिएक्ट ऐसे कर रही है जैसे कुछ हुआ ही न हो।

लंच करके रमेश वहाँ से निकल गया।

कृष्णावतार

रमेश का मन बिलकुल उखड़ गया था। रास्ते में उसने अपनी कई दोस्तों को फ़ोन किया। साध्वी की शादी हो गई थी और उसने अपनी ससुराल के बारे में जो-जो बातें की, हँस-हँसकर पेट फूल गया। पर फ़ोन रखने के बाद भी रमेश के दिमाग़ में तूफ़ान चल रहा था। बेला से बात की तो पता चला कि वह जर्नलिज़्म का कोर्स करने लंदन जा रही थी। उसने तो कहा भी कि सारे दोस्तों से मिलकर, पार्टी देकर जाऊँगी। पुष्पा की शादी की तैयारियाँ हो रही थीं और वह शॉपिंग में बिज़ी थी। अंत में रमेश ने सोनम को फ़ोन लगाया। एक वक़्त सोनम रमेश को बहुत पसंद करती थी। पर रमेश का दिल उससे कभी जुड़ नहीं पाया था। सोनम से बात करते हुए एक प्वॉइंट ऐसा आया जहाँ पर मिलने का वादा करना था। यहाँ रमेश की धड़कनें बढ़ गईं। उसे लगा कि वह किसी जाल में फँस जाएगा। उसे पता था कि सोनम ऐसा कुछ नहीं करने वाली, बस मिलने के लिए कह रही है। पर फिर भी रमेश का मन इतना उखड़ा हुआ था कि मिलने की कल्पना कर ही वह काँप उठा।

तभी उसके फ़ोन पर माधुरी का वॉट्सऐप मैसेज चमका। रमेश ने तुरंत बहाना लगा फ़ोन रखा और मैसेज पढ़ने लगा- "सॉरी यार, मैं बहुत अपसेट थी पिछले कुछ दिनों से। इसीलिए तुमसे बात नहीं कर पाई। ग़ुस्से में मैंने अपने फ़ोन को फ़्लाइट मोड पर डाल रखा था। इधर मैंने किसी से बात ही नहीं की।"

"तुम्हारे घर आया, इतनी देर बैठा। फिर भी तुमने कोई बात नहीं की?"

"बात तो की थी रमेश। तुम्हारे सामने ही बैठी थी। लंच भी बनाया। क्या बात कर रहे हो तुम?"

"क्या बात की? तुम्हें अंदाज़ा है कि इतने दिन से फ़ोन ऑफ़ करके बैठी

थी, मुझ पर क्या बीती? इतने दिन बाद मिली भी तो इतना रूखा व्यवहार?"

"मैंने क्या रूखा व्यवहार किया रमेश? तुम्हें अंदाज़ा है कि मैं किस चीज़ से गुज़र रही थी? वैसे भी मैंने तुम्हें इधर बहुत परेशान किया था। मैं अपने दोस्तों को और परेशान नहीं करना चाहती थी। इसलिए इस बार ख़ुद ही सॉल्व करने की कोशिश की।"

"ऐसी क्या परेशानी आ गई?"

"अनुज वापस मेरी ज़िंदगी में आना चाहता था। तुम्हें पता है ना कि ये चीज़ें इंसान को कमज़ोर बना देती हैं। वो रोने लगा, अपनी गलतियाँ मानने लगा। घर आ गया। शादी की बात करने। पापा-मम्मी के पास घंटों बैठा रहा। रोता रहा, वादा करता रहा कि शादी करके घर बसाऊँगा और माधुरी को ख़ुश रखूँगा। पापा-मम्मी भी पिघल गए थे उसकी बातों से। लेकिन मेरा ही मन हट गया था। गाली-गलौज, हाथ उठाना- अब ये बर्दाश्त नहीं कर सकती मैं। कभी आपसी लड़ाई झगड़ा, धक्का-मुक्की हो गया, इतना चलता है। पर ये रोज़ाना की आदत बन गई थी। सफ़ोकेटिंग हो गया मेरे लिए।"

"फिर?"

"फिर क्या, मैंने मना कर दिया अनुज को साफ़-साफ़। एक और बात हो गई थी इस बीच। मैं तुम्हें बता नहीं पाई थी। तुम्हें क्या, मम्मी को छोड़कर मैं किसी को नहीं बता पाई।"

"क्या?"

"मुझे एक लड़का अच्छा लगने लगा है।"

"कौन?"

"तुम उसे जानते हो।"

"नाम बताओ।"

"अनिमेष।"

"अरे वाह! अच्छा लड़का है वो। लेकिन माधुरी एक बात बताओ।"

"क्या?"

"मेरे में क्या कमी है?"

"कोई कमी नहीं है। तुम तो एकदम क्यूट परफ़ेक्ट इंसान हो। तुम्हें तो कोई भी पसंद कर सकता है।"

"पर तुम मुझे क्यों पसंद नहीं कर रही?"

"रमेश, मैं तुम्हें हमेशा पसंद करती रही हूँ। मैं तुम्हें अपना सबसे क़रीबी दोस्त मानती हूँ। किसने कहा कि मैं तुम्हें पसंद नहीं करती?"

"माधुरी, ये ठीक नहीं किया तुमने।"

बुद्धावतार

जब रमेश ने मधुर के फ़्लैट का दरवाज़ा खोला तो चारों लौंडे ठठाकर हँस पड़े। मधुर तो चिलम चढ़ाकर मस्त था। सिर्फ़ मुस्कुरा रहा था। हाथ से उसने बैठने का इशारा किया। चारों में से एक ने बोला- "अब तो रमेश बाबू मल्टिपल गर्लफ्रेंड वाले आदमी हो गए। मधुर भैया के पैर-वैर छूने भी बंद कर दिया।"

बाक़ी तीनों हँस पड़े। फिर दूसरे ने चिलम रमेश की तरफ़ बढ़ाते हुए कहा- "कोई नहीं रमेश बाबू, लड़कियाँ ऐसे ही काटती हैं। सबका कटता है। आपका भी कटा। जितनी जल्दी समझ जाइए, उतना ही अच्छा होगा।"

रमेश ने चिलम लेकर पहला कश लिया ही था कि तीसरा बोल पड़ा- "रमेश बाबू, मेरी बात सुनो। हम लोग ख़ानदानी प्रेमी हैं। मेरे बाप, दादा, परदादा सब प्रेम करने में व्यस्त रहे हैं। हमारी तो चार सौ बीघा ज़मीन थी। सब प्रेम करने में उड़ गई। ये सब कुछ होता नहीं है। मन का वहम है। हाँ, अगर उड़ाने में मज़ा आता है तो प्रेम करिए। ज़रूर करिए। फिर तो इससे मज़ेदार कोई चीज़ नहीं है।"

चौथा लोट-लोटकर हँसता रहा- "भई, प्रेम करने और उड़ाने में मज़ा तो तब है ना जब कुछ मिले। रमेश बाबू खिड़की से लटक-लटककर प्रेम करते रहे हैं, पर इनको मिला क्या है? छूना तो दूर, कुछ देखने को भी नहीं मिला होगा।"

चारों हँसते-हँसते दोहरे हो गए। चिलम का कश रमेश पर कोई प्रभाव नहीं डाल रहा था। उसके अंदर जो आग सुलग रही थी, उसके आगे चिलम की आग कुछ नहीं थी।

जाते हुए उसने मधुर के पैर छू लिए और चारों लौंडों के गले लगकर

विदा हुआ।

कलंकी अवतार

यम-यम रेस्टोरेंट के बाहर स्कूटी खड़ी कर ज्यों ही माधुरी ने अपना हेल्मेट उतारा, छपाक से कोई लिक्विड उसके पूरे चेहरे को भिगा गया। दर्द और जलन से वह चिल्ला पड़ी। लेकिन जैसे ही वह लिक्विड उसके होंठों और जीभ से होकर गुज़रा, सारी चीख़ अंदर ही दबी रह गई। वह ज़मीन पर गिरकर छटपटाने लगी। जहाँ से वह अपना शरीर छूती, चमड़ा उधड़ जा रहा था। आँखों से दिखाई देना बंद हो गया। नाक गल के नीचे गिर गई। दाँत टूटकर गिर गए। नाख़ून गलकर गिर गए। दर्द की इंतिहा हो गई।

पास खड़े रमेश ने एसिड का पूरा डब्बा उसके ऊपर ख़ाली कर दिया। माधुरी के कानों के पास जाकर उसने कहा- "अगर तुम मेरी नहीं हुई तो किसी की नहीं होगी। तुमने मेरे साथ जो किया है, वो तुम किसी और के साथ नहीं कर पाओगी अब।"

इसके बाद रमेश खड़ा हो गया और ख़ूब शान से चलता हुआ रेस्टोरेंट में जाकर बैठ गया।

जवान

दिल्ली के पॉश इलाक़े में ये बड़ा-सा मकान था जिसके चारों तरफ़ लॉन था। पेड़-पौधे लगे हुए थे जिन पर लाइटें चमक रही थीं। इस मकान और लॉन के पीछे बाउंड्री से बाहर टेंट में वह बैठा था। उसकी आँखों में नींद भरी हुई थी, उसकी पलकें रह-रहकर पुतलियों से चिपटने लगतीं जैसे कि कोई गोंद से चिपका रहा हो। उसने कल्पना की कि उसकी पीठ के नीचे ख़ूब नर्म गद्दा बिछा हुआ है और सिर के नीचे मुलायम-सा तकिया है। उसकी बीवी पास में बैठी है और उसका बच्चा पलंग से नीचे खेल रहा है। पर वह जब भी अपनी आँखें बंद करता, उसे लगता कि ख़ूब तेज़ दिन निकल आया है। घबराकर वह आँखें खोल देता और खुली आँखों से सोने का प्रयास करता। लेटे-लेटे कुछ वक़्त बीत जाता और फिर वह उठकर बैठ जाता। उसने अपने आस-पास देखा- साथी जवान बेसुध सोए हुए थे। इस टेंट में जीने-खाने भर का सामान था। कुछ गद्दे थे, कुछ चादरें थीं। बिछा भी लो, परदा भी बना लो। चार जवानों के बीच तीन तकिये। दो हीटर और थोड़े बहुत बरतन। इधर-उधर कुछ शराब की बोतलें बिखरी पड़ी थीं। टेंट के बाहर किसी के

पुकारने की आवाज़ आई।

एक लड़का और एक लड़की खड़े थे। चश्मा लगाए और कंधे पर बैग लटकाए दोनों परेशान से दिख रहे थे। जवान को टेंट से बाहर निकलते देख लड़के ने ज़ोर से पूछा- "भाई साहब, यहाँ कोई टॉयलेट मिलेगा?"

जवान ने कुछ सेकेंड दोनों को देखा और बोला- "नहीं भाई, यहाँ तो नहीं है।"

लड़की ने परेशानी भरे स्वर में कहा- "भाई साहब, इमरजेंसी है। कहीं कुछ मिल जाए तो हेल्प हो जाएगी।"

लड़की को ही टॉयलेट जाना था, जवान ने इशारा किया कि पीछे-पीछे आओ। टेंट की रस्सियों के बीच झुकते हुए पीछे की तरफ़ टॉयलेट के लिए रास्ता था। जवान ने लड़के को आवाज़ दी- "भाई साहब, आप भी उनके साथ चले जाओ, वहीं खड़े हो जाना।"

जब लड़का और लड़की लौटकर आए तो जवान वहीं खड़ा था- "भाई साहब, झुक के निकलना और नीचे भी देख लेना। ऊपर रस्सियाँ हैं और नीचे खूँटे।"

जब लड़का-लड़की निकलने लगे तो जवान बोला- "आप लोग नेताजी से मिलने आए थे क्या?"

लड़का बोला- "हाँ जी, वहाँ से निकल आए तो फिर टॉयलेट जाने का ख़याल आया। पहले समझ आता तो वहीं कर लेते। वहाँ तो जबर्दस्त इंतज़ाम था। पर अब अंदर फिर से जाने में दिक़्क़त होती। बाहर एक ठेले वाले ने बताया कि जवानों की तरफ़ टॉयलेट मिल सकता है।"

जवान बोला- "मैं बिहार पुलिस से हूँ। नेताजी की सुरक्षा में लगे हुए हैं हम लोग।"

लड़का और लड़की हाँ, हूँ करते हुए चल दिए। जवान के मुँह से शराब का भभका निकल रहा था, दोनों असहज हो रहे थे। पीछे से जवान ने आवाज़ लगाई- "देख के निकलना, कुत्ते बहुत हैं इधर। रात को वो पागल हो जाते हैं।"

फिर वह वहीं बैठ गया। उसकी आँखों में नींद भरी हुई थी। दो सप्ताह बीत चुके थे, ढंग से सो नहीं पाया था। नेताजी की रैलियों में ये जवान हमेशा

साथ रहते थे। दिन भर खड़ा होना, लोगों से जूझना ही इनका काम था। बहुत दिनों से उसकी इच्छा थी कि अपने गाँव में अपने घर में आराम से सोता। फ़रवरी की हल्की ठंड में तो वहाँ इतनी अच्छी नींद आती। बीवी होती पास में। बच्चा पलंग के नीचे खेल रहा होता। माँ बोरसी में आग जलाकर रख जाती। उसकी गर्माहट अभी ही उसे महसूस होने लगी। उसे बड़ा अच्छा लगता था ऐसे सोना।

गाँव में इसी तरीक़े से बिस्तर पर लेटे-लेटे वह सुनता रहता। कुछ अस्फुट-सी आवाज़ आती। उसे पता चल जाता था कि पापा बोरसी में लकड़ी से कुछ खोद रहे हैं। फिर कुछ खुट से आवाज़ आती तो समझ जाता कि पापा बोरसी खिसका रहे हैं। माँ कुछ आपत्ति जताती तो पापा कहते- "ए रुको ना, रहो ना।" तभी बच्चा कुछ-कुछ कहते हुए फ़र्श पर खेलता रहता। इन सारी आवाज़ों के बीच उसे अजीब-सी शांति मिलती। उसकी बीवी को सब समझ आता था। वह खाना खिलाते हुए बात करती रहती। पर जैसे-जैसे उसके पति पर नींद हावी होती, उसकी बातें कम होती जातीं। वह आती कई बार, पर उसका मुस्कुराता हुआ चेहरा ही नज़र आता जो बहुत ही सहज तरीक़े से कह रहा होता कि अब सो जाओ आराम से।

तभी ज़ोर से लोगों के चिल्लाने और ताली बजाने की आवाज़ आई। जवान की बोझिल आँखें एलर्ट हो गईं। उसने उचककर बाउंड्री के पार देखा। नेताजी के लॉन में लोग ख़ूब ख़ुशियाँ मना रहे थे। संभवतः नेताजी भाषण दे रहे थे। वह मुस्कुराया। नेताजी कभी भी मौक़ा नहीं छोड़ते थे। लोगों के दिमाग़ में अपनी बात डालने में उस्ताद थे। उन्हें पता था कि लोगों को ख़ूब खिलाओ-पिलाओ और मौक़ा चाहे जो भी हो, अपनी बात कहते रहो। लगातार अपनी बात रटते रहने से वो सही साबित हो जाती है।

उसकी निगाह नेताजी के विशालकाय मकान की तरफ़ गई। इस मकान में कई कमरे थे, बहुत सारे तो ख़ाली ही रहते थे। नेताजी अपने संगी-साथियों के साथ रुकते थे, किसी और का रुकना मना था। नतीजन आधे से ज़्यादा कमरों में सारी फ़ैसिलिटी के बावजूद कोई रुक नहीं पाता था। इसी लॉन की बाउंड्री के पीछे की जगह में ये जवान टेंट लगाकर नेताजी के अगले आदेश का इंतज़ार करते थे। ये टेंट दो नेताओं के घरों के बीच के रास्ते में लगता था।

डेमोक्रेसी के लिहाज़ से कभी-कभी ऐसा लगता था कि दो नेता दोनों तरफ़ से इन जवानों की सुरक्षा में लगे हुए हैं।

जवान को एहसास हुआ कि यहाँ सो नहीं पा रहा तो नेताजी के मकान में किसी कमरे में तो सो सकता है। आख़िर सारे कमरे ख़ाली ही तो हैं। किसी को पता भी नहीं चलेगा। न जाने कितने दिन हो गए बिस्तर पर सोए हुए। शायद अच्छी नींद आ जाए। कल तो रविवार है और नेताजी ने इस बार सिर्फ़ आराम करने का निर्णय लिया है। सारे प्रोग्राम कैंसिल हैं तो वह भी दिन चढ़े तक सो ही सकता है। शराब भी ये थकान नहीं उतार पा रही, मतलब अब सब कुछ नींद के हवाले है। नींद ही ज़िंदगी बचा सकती है।

धीरे-धीरे चलता हुआ वह मुख्य द्वार पर पहुँचा। वहाँ पर ढेर सारे लोग तख़्तियाँ लिए नेताजी की बातों पर तालियाँ बजा रहे थे। नेताजी बाउंड्री के पीछे से ही बोल रहे थे। लोग उत्तेजित हो रहे थे, पर गार्ड किसी को अंदर नहीं घुसने दे रहे थे। इतनी रात को लोगों का उत्साह देखकर जवान को हँसी आई। उसे पता था कि हँसते-हँसते किए गए वादे कभी पूरे नहीं होते, वही वादे पूरे होते हैं जिनमें कुछ कहा नहीं जाता। नेताजी के साथ रहकर उसने इतना तो देख लिया था।

नेताजी देश की सुरक्षा की बात करते-करते अब जवानों पर आ गए थे- "देश के जवान माइनस पच्चीस डिग्री में खड़े रहते हैं। आप लोगों ने कभी वो ठंड महसूस की है? आप आ जाते हैं कि चापाकल गड़वा दो। ठीक है, आपकी बात मानते हैं कि चापाकल के बिना आपको दिक़्क़त हो रही है पर क्या हम जवानों का दर्द समझते हैं? हम नहीं समझते। इसीलिए देश के बड़े मुद्दों के सामने भी हम छोटे मुद्दे रखने लगते हैं। जब जंग के हालात हों तो आप चापाकल की तरफ़ ध्यान नहीं देते। चापाकल हम क्या महमूद गजनी के लिए गड़वाएँगे? पहले तो सीमाओं को सुरक्षित करेंगे तब तो कोई पानी पीने के लिए बचेगा। चलिए, ये सब भी छोड़िए। आपको पता है कि आज ही बारामूला में छह जवान शहीद हुए हैं। हम क्या कर रहे हैं? क्या हमारा काम सिर्फ़ लाशें गिनने का है?"

पब्लिक को जोश आ गया। सबने आस-पास देखा, कोई फ़ौज का जवान खड़ा नहीं था। पर बिहार पुलिस का ये जवान नज़र आ गया। कोई

बात नहीं, ये भी जवान ही तो है। लोगों ने इसे घेर लिया और कंधे पर उठा लिया। आप लोगों की वजह से ही हम सुरक्षित हैं। हाय जवान! तुम न होते तो हम न होते। जवान शर्म से मुस्कुरा रहा था और नींद के मारे पागल हो रहा था। वह इसके लिए तैयार नहीं था। जब इतना सम्मान मिले कि लोग सिर पर चढ़ा लें तो मानसिक रूप से तैयार होना पड़ता है। जवान को हँसी इस बात पर आ रही थी कि वह तो नेताजी की टंडेली में लगा हुआ है, जनता ख़ामख़्वाह बावरी हुई जा रही है। नेताजी को जनता से कोई असुरक्षा नहीं थी। असुरक्षा थी तो उन लोगों से जिनसे उन्होंने पैसे लिए थे और उनके काम नहीं किए थे।

एक आदमी बोला- "देख रहे हो अपने जवान की मूँछें? राजस्थान के राजपूताना की याद दिला रही हैं। जब ऐसे जवान हमारे लिए सीना ताने खड़े हों तो मजाल है किसी की कि वो नज़र उठा के देख सके।"

थोड़ी दूरी पर एक आदमी बोला- "मूँछें तो रख ली हैं राजपूताना वाली, पर बॉडी लैंग्वेज में वो बात नहीं है, लग रहा है जैसे बनिहारी करता है अधिया पर।" ये कहकर वो अर्थपूर्ण ढंग से मुस्कुराया।

जवान किसी तरह से कंधे से नीचे उतर आया। वह दरवाज़े की तरफ़ बढ़ा जहाँ गार्ड लाठी लगाकर खड़े थे। वह उनके साथ ही खड़ा हो गया। मौक़ा पाकर धीरे से अंदर हो जाएगा। बॉडी लैंग्वेज थोड़ा बहुत गार्ड की तरह मैनेज करना होगा। हालाँकि गार्डों को शक हो जाए तो उसे भी नहीं घुसने देंगे। नेताजी से कोई जान-पहचान तो है नहीं कि वो अंदर बुला लेंगे। इतने सालों में वो बस नाम ही याद कर पाए हैं।

उसको घेरकर जनता का एक समूह खड़ा हो गया- "सर, आप लोग उन लड़कियों का कुछ क्यों नहीं करते जो दिन-रात देश तोड़ने के बारे में बकवास करती रहती हैं? वो आप लोगों को ही खोज रही हैं। आप जैसा ही कोई चाहिए जो उनको समझा सके।"

जवान मुस्कुराया, लोगों ने ठहाके लगाए। उसे समझ नहीं आया कि वह क्या कहे। उसे अपनी बीवी की याद आई जो गोली-बंदूक़ और गाली-गलौज का नाम सुनते ही भड़क जाती है। उसने एक बार गाली दे दी थी, उसके बाद उसकी बीवी ने तूफ़ान खड़ा कर दिया था। उसे लगा कि बीवी यहाँ होती तो यहीं फ़र्श पर ही वह सो जाता उसकी गोद में। उसका मन हुआ कि गार्ड को

बोलकर अंदर चला जाए और सो जाए। पर ऐसा हो नहीं सकता था।

वह थोड़ी कोशिश कर आगे चला गया जहाँ अलग भीड़ ने घेर लिया। एक वृद्ध व्यक्ति ने जवान के दोनों हाथों को थाम लिया और मर्मभेदी स्वर में बोलने लगा- "आप लोगों की वजह से हमारी बहू-बेटियाँ सुरक्षित हैं। पार्टिशन के टाइम पर हमने सब कुछ गँवाया था। बहू-बेटियों को भी। पर आप लोगों की वजह से हम अब सुकून से सोते हैं। लगता है कि विभाजन एक बुरा सपना था जिसे पूरे देश को देखना पड़ा था। पर जब वो सपना टूटा तो सामने दिन का उजाला था, संविधान और जवान के रूप में। आपके खड़े होते ही सब कुछ सुरक्षित नज़र आने लगता है।"

जवान को याद आया कि यही दिन का उजाला उसकी आँखों में चमक रहा है। वह जब भी सोने का प्रयास कर रहा है, ये उजाला उसे जीने नहीं दे रहा। कुछ देर के लिए उसकी आँखों में अँधेरा चाहिए। ये अँधेरा चाहे ब्रिटिश राज का ही क्यों न हो। फिर उसे ख़याल आया कि ब्रिटिश राज में तो सूरज ही नहीं डूबता था। उसने मुराद माँगी कि वह पोलर बियर बन जाए ताकि छह महीने तक सोता रहे।

तब तक अचानक ज़्यादा शोर होने लगा। नेताजी बाहर निकल आए थे और एक आदमी से ज़ोरदार बहस हो रही थी। ये वही लड़का था जो टेंट में टॉयलेट खोजने आया था। वह लड़का चिल्ला-चिल्लाकर कह रहा था- "जवान, जवान, जवान! अरे, जवानों के नाम पर कितने लोगों का ख़ून पियोगे? तब कहाँ चले जाते हो जब जवान काट देते हैं, रेप कर देते हैं? उनकी हिंसा का ज़िम्मेदार कौन होगा?"

नेताजी भी गरमा गए थे- "जवानों के बारे में एक शब्द भी बोला तो अच्छा नहीं होगा। तुम्हारे जैसे लोगों को माइनस पच्चीस में बिना कपड़ों के खड़ा करना चाहिए तब तुम्हें समझ आएगा।"

वह लड़का और ज़ोर से चिल्लाया- "जवानों की आड़ में अपने गुनाहों को मत छुपा खद्दरधारी दीमक! तेरे जैसे लोगों ने देश को चाट-चाट के खोखला कर दिया है। सड़ चुके फ़र्नीचर पर जवानों से पेंट मत लगवा।"

नेताजी से अब रहा नहीं गया। उन्होंने उस लड़के के कान पर धर दिया। लड़के ने जवाब में कहीं ज़ोर का तमाचा मारा। दोनों के समर्थक भिड़ गए।

एक तरफ़ का हुजूम नेताजी की तरफ़ बढ़ा। दूसरी ओर का हुजूम उस हुजूम की तरफ़ बढ़ा। सारे गार्ड उसी तरफ़ लपके।

मौक़ा पाकर जवान गेट के अंदर दाख़िल हो गया। तेज़ क़दमों से चलता हुआ वह सबसे कोने के कमरे में चला गया। अंदर घुसकर उसने दरवाज़े बंद किए, लाइटें बंद की और नरम-नरम गद्दे पर लेट गया। दरवाज़ा बंद करते ही भीड़ की आवाज़ खो गई। लाइट बंद करते ही जैसे उसकी आँखों का उजाला चला गया। कंबल ओढ़ते ही जैसे पूरी दुनिया का शोर चला गया। नीरव शांति छा गई। धनवान होना ईश्वर को पाना है। अमीरी स्वर्ग का द्वार है, ग़रीबी नर्क का कुंड। इतनी ठंड में सड़क पर बने टेंट में कौन सो पाएगा? मेहनतकश या शराबी? बहुत बार मेहनतकश को लोग शराबी ही समझ लेते हैं। मेहनतकश गटर में नहीं उतरना चाहता, शराबी ही उतरता है। पर बिना मेहनत के तो गटर भी साफ़ नहीं होगा? पर बिना शराब के उतर भी तो नहीं सकते? तो गटर में उतारता है कौन? मेहनत या शराब? पर गटर तो उतार देती है शराब को भी?

जो भी हो, उसकी आँखें धीरे-धीरे बंद होने लगीं। गर्माहट से शरीर को सुकून मिलने लगा। उसे लगा कि उसकी बीवी मुस्कुराती हुई उसे देख रही है। उसका बच्चा पलंग के नीचे खेल रहा है। कुछ अस्फुट-सी आवाज़ें आ रही हैं। शायद पापा बोरसी खिसका रहे हैं। कुछ पुट-पुट की आवाज़ आ रही है। लगता है माँ मटर छील रही है।

बाहर से भीड़ उस मकान को आग लगा चुकी थी। लोग चिल्ला रहे थे- "वो देशद्रोही लड़का उसी कोने वाले कमरे की तरफ़ भागा था। फूँक दो उसे। हमारे जवान माइनस पच्चीस डिग्री में खड़े रहते हैं और ये कल के लौंडे उन पर सवाल उठा रहे हैं।"

छठ

दुर्जन बहुत तेज़ी से फावड़ा चला रहा था। मिट्टी सटाक से निकल रही थी। लेकिन फावड़े के फाल में एक कपड़ा फँस गया था। वो दिक़्क़त कर रहा था। उसने हाथ से कपड़ा खींच दिया। कपड़े के अंदर कुछ था। उसने हाथ अंदर घुसा दिया। पोली-सी चीज़ टकराई। उसने हाथ बाहर खींच लिया। ये मल था।

फावड़ा रखकर दुर्जन बहुत देर तक बैठा रहा। उसने नदी में हाथ तो धो लिया था। साबुन तो लाया नहीं था। कई बार वहीं मिट्टी में हाथ रगड़ भी लिया। पर हाथ को अपने शरीर से दूर ही रख रहा था। फावड़ा भी बाएँ हाथ से ही पकड़ रखा था। काफ़ी वक़्त बीत जाने के बाद अनमने ढंग से बाएँ हाथ से ही फावड़ा चलाने लगा। पर कुछ हो नहीं पा रहा था। फिर उसने पाँवों से मिट्टी दबानी शुरू कर दी। कुछ देर में मिट्टी समतल-सी हो गई। चादर डालकर बैठा जा सकता था। छठ का घाट तैयार हो गया था।

इस घाट पर राजपूत, बाभन, लाला और बनिये नहीं आते थे। दूधवाले और खेती करनेवाले भी नहीं आते थे। हालाँकि वो रहते थे इससे नज़दीक

ही। और घाट की ढलान भी कम थी। कुछ देर फावड़ा चला लेने के बाद नदी का पूरा किनारा बैठने लायक़ हो जाता था। फ़ोटो भी बढ़िया आती थी। लेकिन शुरू से ही चला आ रहा था। सिद्धनाथ घाट पर ही वो लोग छठ करते थे। दिक़्क़तें बहुत थीं वहाँ, ढलान भी बहुत थी। सँकरा रास्ता था। लेकिन परंपरा तो परंपरा है।

दुर्जन घर चलने को हुआ। शाम को यहीं आना था बीवी के साथ। मनौती थी। बेटा होगा तो छठ करेंगे। पिछले साल बेटा हुआ था, दो दिन का होकर मर गया था। बीमार-सा ही पैदा हुआ था, हॉस्पिटल ले गए, वहाँ बिजली ही नहीं थी। थोड़ा इंतज़ार किए। फिर घर वापस आ गए। पर मनौती तो पूरी हुई ही थी। साल बीता तो छठ करना बनता था। छोटा भाई संजन भी दिल्ली से आने वाला था। आ ही गया होगा।

घर पहुँचा तो बिजली आ गई थी। राधिका कुमारी मस्त तैयार होकर गीत गाए जा रही थी। तीन दिन तक चलता है ये व्रत। दुर्जन ने कई बार घंटे गिनने की कोशिश भी की थी। जब से पंडित जी बता दें कि शुरू हो रहा है। पर पंडित जी इस मुहल्ले तो आते नहीं थे। आते सिर्फ़ बड़ी पूजा के दिन। तो टाइम पता चलते-चलते देर हो जाती थी। सुना था कि 36 घंटे तक व्रत रहते हैं। पर राधिका कुमारी की सास का हमेशा 42 घंटे हो जाता था। इस बार तो 40 से ऊपर ही था।

संजन जब से आया था, कुनमुना ही रहा था। छठ के दौरान दिल्ली से आने पर रिजर्वेशन मिलता नहीं। जनरल डिब्बे में चढ़कर लोग आते हैं। सोना-खाना भी नहीं हो पाता। और आज ही त्योहार भी है। पर कुनमुनाना किस बात का। त्योहार है तो किसी भी तरह आना ही है। छठी मैया ने बुलाया है। किस-किस चीज़ का, और किससे-किससे शिकायत करेंगे। जैसी क़िस्मत है, वैसा काम है। वैसे ही करेंगे।

दुर्जन ने खाना भी ठीक से नहीं खाया। खाना लेकर कोने में चला गया था। बाएँ हाथ से चम्मच से खाने की कोशिश की। पर खाना गिर जा रहा था। राधिका कुमारी ने देखा तो दुर्जन ने तुरंत दाँत पकड़ लिया। बोला कि दर्द हो रहा है। फिर जैसे-तैसे निपटा दिया। संजन भी खाना लेकर अकेले ही कोने में बैठा था।

शाम हो गई। चारों ओर से औरतों के गाने की आवाज़ आने लगी। दूर थीं तो लग रहा था कि कोई रो रहा है। नज़दीक आने पर पता चला कि कोई नया गाना बनाया गया है। राधिका कुमारी भी तैयार हो गई। बोली कि आप लोग ऊँख और दौरा ले के चलिए। ऊँख तो बहुत क़ायदे की मिल गई थी। मोटी-मोटी। पर हो गई थीं भारी। हालाँकि दुर्जन का कंधा दर्द कर रहा था, पर उसने ऊँख कंधे पर रखना तय कर लिया। वो फलों से भरा दौरा उठाना नहीं चाहता था। क्योंकि उस हाथ से वो पूजा का कुछ छूना नहीं चाहता था। राधिका कुमारी को कुछ बताना भी नहीं चाहता था। पूजा भाँड़ना नहीं चाहता था। संजन ले जाएगा दौरा। दुर्जन निकल गया। घाट पर सब सजाना भी था। दाहिना हाथ उसने पैंट की जेब में डाल लिया था। गुनगुनाते हुए निकल गया। रास्ते में ज़ोर-ज़ोर से गाने लगा। उसे दाहिने हाथ की याद बिल्कुल नहीं चाहिए थी। इसलिए वह बाईं ओर ही देखते रहा।

राधिका कुमारी ने जब निकलना चाहा तो जी सन्नाक से हो गया। दौरा घर में ही पड़ा था। दुर्जन तो आँख के सामने ही निकला था, वहीं संजन किसी की बाइक पर बैठा आँख के सामने ही निकला जा रहा था। निकल भी गया। संजन को तो साफ़-साफ़ कहा गया था कि दौरा आपको ही ले जाना है। बिना ले जाए पूजा कैसे होगी। राधिका कुमारी को क्रोध बहुत आया। लेकिन क्या किया जा सकता था। पर वह हार मानने वाली नहीं थी। उसने मन-ही-मन छठी मैया का ध्यान किया।

अचानक उसकी आँखें लाल हो गईं। नथुने फड़कने लगे। माथे से बहता हुआ सिंदूर पूरे नाक और गाल तक फैल गया। उसका गोरा रंग लाल हो गया। दौरा झटके में उठ गया। उसने एक क़दम बढ़ाया तो वो हवा में गया। दूसरा बढ़ाया तो वो पूरी-की-पूरी हवा में हो गई। फिर कोशिश की तो वह उड़ने लगी। नीचे उसने देखा कि तमाम औरतें गीत गाती हुई जा रही थीं। उसने ऊपर ही ज़ोर-ज़ोर से गाना शुरू कर दिया। वह उड़ते हुए जा रही थी। नीचे वाले दौरा और ऊँख सँभालने में लगे थे। औरतें दीये के जलते रहने के लिए उस पर नज़रें गड़ाए थीं। वह सबसे पहले घाट पर जा पहुँची।

दुर्जन और संजन मुँह फुलाए बैठे थे। संजन ने कोई जवाब ही नहीं दिया कि क्यों नहीं लाया वह दौरा। दोनों में कुछ बतरस-सा हो गया था। दुर्जन

चिंतित था कि राधिका कुमारी क्या सोच रही होगी। तभी उसने देखा कि दौरा अपनी जगह पर रखा हुआ है। राधिका कुमारी पूजा शुरू कर रही है। दुर्जन की हिम्मत नहीं हुई कि वह कुछ पूछे। चुपचाप बैठा रहा।

राधिका फिर नदी में घुस गई। डूबते सूरज को अर्घ्य देना था। वह जहाँ-जहाँ जाती पानी उसके पैरों के नीचे से हटता जाता। पर अर्घ्य तो कमर भर पानी में दिया जाता है। वह चलती गई। पर पानी भागता गया। उसके आस-पास की औरतें नहाने में व्यस्त थीं। कुछ कपड़े भी बदल रही थीं। ज़िले के डीएम एक स्टीमर पर छठ देखने आए थे। पर वह इस घाट नहीं आए। सिद्धनाथ घाट से ही लौट गए। राधिका कुमारी को उनके लौटने से याद आया कि वह पानी को लौटा सकती है। उसने हाथ से पानी अपनी तरफ़ खींच लिया। अचानक पानी उसके सिर के ऊपर से बहने लगा। उसे लगा कि छठी मैया ज़ोर-ज़ोर से हँस रही हैं। राधिका कुमारी ने दीये को मुँह में रख लिया। बुझने नहीं देना था। फिर उसने साँस लेना बंद कर दिया। क्योंकि बुझने नहीं देना था। फिर राधिका कुमारी को कुछ पता नहीं चला। दूर से दुर्जन ने देखा कि कई लड़के नदी में कूद रहे हैं रस्सियाँ लेकर। सारे ख़ाली हाथ वापस आ गए कुछ देर में।

दुर्जन वापस अपने घाट पर बैठ गया। संजन रो रहा था। रोते-रोते कहा- "मुझे नहीं पता क्या हो गया! दौरा तो मैं इसलिए नहीं लाया था कि ट्रेन में पूरे रास्ते लैट्रिन की सीट पर बैठ के आना पड़ा था। पहले तो चप्पल पर बैठा था। बाद में जब पैर में दर्द हो गया तो हाथ भी रखना पड़ गया सीट पर ही। इसीलिए मन नहीं किया दौरा उठाने का। भाभी को कह भी नहीं सकता था। भाग आया। पर यहाँ आने का बाद दौरा मेरे हाथ से छू गया था। उसी पाप का फल मिला है। मैंने भाभी की हत्या कर दी।"

दुर्जन ने संजन को गले लगाते हुए कहा- "दौरा छू तो मुझसे भी गया था, बाएँ हाथ से ही छुआ था, पर छू तो गया ही था। पर इतना प्रत्यक्ष नहीं दिखाना चाहिए था छठी मैया को। कैसे जिऊँगा मैं!"

यहाँ रंडी मूतती है

यहाँ रंडी मूतती है

शहर के बीचो-बीच भरे मार्केट के पब्लिक टॉयलेट में महिलाएँ वाले दरवाज़े से घुसने के बाद जब वह कमोड पर बैठी तो सामने की बिना सीमेंट की हुई दीवार की एक लाल ईंट पर चॉक से लिखा हुआ था। उसने आँखें बंद की और अपने दिमाग़ में ज़ोरदार धमाका किया, जिससे इस टॉयलेट के परखच्चे उड़ गए। ब्लास्ट इतना ज़ोरदार था कि सब कुछ राख हो गया। उसने ये भी सोचा कि ब्लास्ट बस इसी कमरे तक हो। बग़ल वाला भी न उड़े। मार्केट में भी कोई दुकान क्षतिग्रस्त न हो। किसी राहगीर को भी चोट न लगे। फिर उसने आगे कल्पना की। पर सब कुछ राख हो जाने के बाद भी उसे दो चीज़ें नजर आती रहीं। कमोड पर बैठी वो ख़ुद और वो लाल ईंट पर चॉक से लिखी मर्दानी क्रांति की कविता। उसने थोड़ा और ब्लास्ट करना चाहा पर ये तस्वीर बनी रही। सारी लपट आसमान में चली जा रही थी। इन पर कोई फ़र्क़ नहीं पड़ा।

फिर वह उठ गई और अपने कपड़े सहेज लिए। टिशू पेपर फाड़ा और उस पर लिख दिया- *पुष्पा वॉज हियर*। फ़्लश के ऊपर रखकर बाहर चली

आई। निकलते ही वह सामने बने पुरुष वाले दरवाज़े में घुस गई। एक चौदह-पंद्रह साल का लड़का पेशाब कर रहा था। वह अचकचा गया। थोड़ी-सी की, फिर रुक गया। फिर इतनी ज़ोर से आया कि करने लगा। फिर शर्म बहुत ज़्यादा बढ़ गई। किसी तरह रोककर जिप बंद की और वहाँ से भाग गया। जाते-जाते एक नज़र उसको देख गया। वह कुछ देर तक साँस रोके खड़ी रही। कोई पदचाप सुनाई देता तो सहम-सी जाती। सोचती कि क्या करूँ, जल्दी से निकल जाऊँ या रुक जाऊँ। फिर कोई नहीं आया। अब वह रिलैक्स हो गई थी। अब कोई आता भी तो उसे फ़र्क़ नहीं पड़ने वाला था। ऐसा उसने सोचा। वह कुछ देर तक टॉयलेट में घूमती रही। मर्दाना पेशाब की बदबू लगातार आ रही थी। वह कोनों में जाती तो बदबू बढ़ जाती, साथ ही पान और गुटखे की गंध भी मिल जाती।

कुछ देर में वह बदबू से सहज हो गई थी। वह खिड़की के पास गई। वहाँ से मार्केट में आने-जाने वाले दिख रहे थे। रिक्शेवाले निश्चेष्ट बैठे हुए थे। उनको देखकर लग ही नहीं रहा था कि उनको पेशाब आता होगा। ज़रा भी बेचैनी नहीं थी। फिर वह हर दीवार, हर यूरिनल को ध्यान से देखने लगी। कुछ भी ख़ास नहीं था। कुछ भी गर्व करने लायक़ नहीं था। उसने कल्पना की कि लोग आते होंगे, अपनी जिप खोलते होंगे और फिर पेशाब कर लेते होंगे। कुछ जल्दी कर लेते होंगे, कुछ बहुत देर तक करते होंगे। कुछ को देर से आता होगा। तरह-तरह के लिंग होंगे। कोई उदास-सा, कोई चहकता हुआ। कोई जीवन के हर दर्शन को देख चुका हुआ, कोई बिल्कुल अबूझ। अगर किसी ने देख लिया तो फिर उसे तुरंत जिप के अंदर कर दिया जाएगा।

उसने पेन निकाला और दीवार की पेंट खुरचने लगी। लिख दिया: *बग़ल वाले टॉयलेट में रंडी मूतती है*।

फिर बाहर निकल गई।

तभी 22-24 साल के दो लड़के टॉयलेट में घुसे। और उसे जाता हुआ देखते रहे। कुछ समझ नहीं आया और दोनों मुस्कुरा पड़े। अंदर कोई नहीं था। दोनों ने पेशाब किया। कुछ सोचा और उस लड़की को खोजने निकल पड़े। बाहर निकलकर रोड पर इधर-उधर देखा। वह कहीं नज़र नहीं आ रही थी। एक-दूसरे को देख दोनों ने ओठ बिचकाए और फिर मुस्कुरा पड़े।

उसे शायद भान हो गया था, डर-सा हो गया था कि किसी-न-किसी ने तो देख लिया होगा। कोई-न-कोई पीछा कर रहा होगा। वह तुरंत मेन रोड मार्केट से निकल एक गली में घुस गई। ये रेजिडेंशियल एरिया था। चलते-चलते उसे एक घर के सामने भीड़ दिखी। कथा हो रही थीं। वह खड़ी हो गई। इतने सारे लोगों के बीच वो रिलैक्स महसूस करने लगी थी। 'लीलावती कन्या अब बड़ी हो रही थी', कथा का इतना हिस्सा सुनने के बाद वह फिर वहाँ से चल पड़ी। उसे ऐसा लग रहा था कि कथा कहने वाले ने उसे टॉयलेट में जाते देखा था। उसे ये भी लग रहा था कि सुनने वालों में वो दोनों लड़के खड़े थे।

गली ख़त्म होते ही वह मेन रोड पर आ गई। इस पर भीड़ नहीं थी। चार-पाँच लड़के खड़े थे। चौदह-पंद्रह साल के। उनमें से दो-तीन उसको देखते ही रोड पर पेशाब करने लगे। एक ने जिप खोलकर निकालने का उपक्रम किया। वह लगातार उसे देख रहा था। एक उसे देखर शरमाने लगा और इधर-उधर देखने लगा। ये शायद वही लड़का था जो टॉयलेट में मिला था। शायद उसने अपने दोस्तों से इस लड़की के बारे में कह दिया था।

वह रुक गई। फिर उसने ध्यान से लड़कों को देखा। अपरिपक्व लिंग नज़र आ रहे थे। वह मुस्कुरा पड़ी। सारे लड़के शरमाने लगे थे। एक ने हिम्मत बटोरी। कुछ कहना चाहा, पर कह नहीं पाया। चारों-पाँचों एक-दूसरे के नज़दीक आ गए। खुसुर-पुसुर करने लगे। कुछ तय नहीं हो पाया कि क्या करना है। एक बहुत उत्तेजित था। बार-बार हाथ से इशारे कर रहा था। दो उसका हाथ पकड़ के नीचे कर दे रहे थे। वह चल पड़ी। आगे बस स्टैंड था। लड़कों ने उसे स्टैंड पर जाते देख आह भरी। लगा जैसे कुछ हाथ से निकल गया हो।

स्टैंड से लड़की ने ऑटो ले लिया। सीधा घर पहुँची। उसका फ़ोन चार्ज में लगा हुआ था। देखा कई मिस्ड कॉल थीं। कई मैसेजेज थे। वह इत्मीनान से पढ़ने लगी। एक में लिखा हुआ था कि तुमसे रिश्ता तो तभी ख़त्म हो गया था जब तुमने मुझे गाली दी थी। फिर उसने जल्दी से स्क्रॉल किया और मैसेज के आख़िरी हिस्से में पहुँच गई। लिखा था- "मेरे और पुष्पा के बीच आने की कोशिश मत करना। हम लोग बहुत ख़ुश हैं।"